Viktoria von Berlich

Der vertauschte Vokal

Viktoria von Berlich

Der vertauschte Vokal

Historischer Roman

Der vertauschte Vokal © Viktoria von Berlich 2015
Alle Rechte vorbehalten, auch die des auszugsweisen
Nachdrucks und der fotomechanischen Wiedergabe.
www.Viktioria-von-Berlich.de

Cover by Tamara Werner
www.wtw-werbung.de

Herstellung und Verlag:
BoD – Books on Demand, Norderstedt

ISBN 978-3-7392-1276-0

Für André und Nora

„Im Menschen ist nicht allein Gedächtnis, sondern Erinnerung."

Thomas von Aquin

„Ich kann nicht mehr, denn alles, was ich geschrieben habe, scheint mir wie Stroh zu sein im Vergleich zu dem, was ich gesehen habe und was mir offenbart worden ist."

Das soll er gesagt haben, der große Thomas von Aquin, am Morgen des 6. Dezember 1273, nach der Frühmesse. Seine Sekretäre waren verwundert, denn noch am Tag zuvor hatte er dreien gleichzeitig diktiert, hatte seine Worte aus drei parallel laufenden Gedankensträngen den Sekretären so schnell diktiert, dass am Ende des Tages jeder ein in sich stimmiges und logisches Manuskript vor sich liegen hatte, das schon am nächsten Morgen von den Schreibern vervielfältigt werden konnte. Niemand hat je verstanden, wie Bruder Thomas das vollbringen konnte. Es musste Gott gewesen sein, der durch seinen treuen Sohn, den engelsgleichen Thomas, zu den Menschen sprach, der durch Thomas all seine Weisheit den Menschen verkündete.

Warum also dieses plötzliche Schweigen? Was hatte Thomas gesehen? War es Gott selbst? Hatte Gott sich ihm offenbart?

Reginald von Piperno, sein *socius continuus*, sein Privatsekretär und Beichtvater, wusste, was Thomas gesehen hatte, was ihm offenbart wurde, doch er schwieg. Reginald blieb an Thomas' Seite bis zu dessen Tod, wenige Monate später. Thomas starb in seinen Armen.

Viele Jahre nach dem Tod des Thomas wurde Reginald gebeten, seine Erinnerungen an diesen großen Gelehrten nieder zu schreiben. Reginald tat, wie ihm geheißen wurde, und er tat es, wie es die Kirche erwartete: er schrieb von den Wundern, die Thomas vollbrachte. Er erstellte einen Bericht, der einer späteren Heiligsprechung gerecht werden würde. Dieses Mal nannte er einen Grund, warum Thomas die Arbeit an seinem großen Werk, der Summa Theologiae, so plötzlich abgebrochen hatte, warum dieses Werk unvollendet blieb: Thomas sei das Geheimnis einer höheren Wissenschaft geoffenbart worden, was es ihm unmöglich machte, wieder in die Tiefen menschlicher Wissenschaft hinab zu steigen.

Nein, ich will Reginald nicht unrecht tun und sein Schweigen verurteilen. Was damals geschehen ist war für die Gelehrten jener Zeit unvorstellbar und selbst für Thomas, den größten Denker unserer Zeit, nicht einfach zu verstehen. Wie hätte es Reginald seinen Mitbrüdern erklären sollen? Sie hätten ihn der Häresie bezichtigt und der Inquisition übergeben. Nein, es war richtig zu schweigen.

Auch ich habe geschwiegen. Ich habe niemals über die Ereignisse von damals gesprochen und ich werde meine Erinnerungen mit ins Grab nehmen, denn es wäre noch immer gefährlich, darüber zu reden. Aber ich werde alles aufschreiben, ich will, dass es *geschrieben steht*, ich will, dass die Welt eines Tages erfährt, warum Thomas von Aquin verstummt ist.

"Habe das Schicksal lieb, denn es ist der Gang Gottes durch deine Seele."

Thomas von Aquin

Meine ganze Erziehung war genau darauf ausgerichtet gewesen: Einen Mann von Adel und Einfluss zu heiraten, ihm Kinder zu gebären und ihn, mit all meinen Möglichkeiten zu unterstützen. Darin sah ich meine Bestimmung und darauf freute ich mich.

Lorenzo war ein sehr stattlicher Mann, groß gewachsen, kräftige Stimme, muskulöser Körper, ein wilder Reiter. Ihm eilte der Ruf eines Frauenhelden voraus, doch das machte ihn in den Augen der Frauen nur noch anziehender und man sagte mir, dass ein Mann sich erst „die Hörner abstoßen" müsse, bevor er in den heiligen Stand der Ehe eintreten würde. Und je mehr er „gestoßen" hätte, umso ruhiger wäre er als Ehemann.

Was mir wirklich an ihm gefiel war der Grund, warum er mich heiraten wollte: Er wollte Frieden. Sein Vater hatte sein Leben lang gegen meinen Vater gekämpft. Und nun, da sein Vater tot war, wollte der Sohn Frieden. Und diesen Frieden wollte er mit einer Heirat besiegeln.

Einen besseren Grund zu heiraten konnte ich mir nicht vorstellen und ich willigte gerne in die Verbindung ein, die meiner Familie den lang ersehnten Frieden bringen würde.

Vor unserer Hochzeit hatte ich Lorenzo nur einmal gesehen: an unserer offiziellen Verlobung. Die Verhandlungen zuvor waren von Unterhändlern geführt und besiegelt worden. Lorenzo war sehr freundlich und zuvorkommend mir gegenüber gewesen und ich blickte zuversichtlich in meine Zukunft. Ja, ich glaubte sogar, ihn lieben zu können. Ich wusste, dass Liebe überhaupt keine Rolle spielte und dass allein meine Fruchtbarkeit für das Glück in meiner Ehe von Ausschlag sein würde, aber ich hegte doch die leise Hoffnung, dass auch ich eine so harmonische Ehe führen würde, wie meine Eltern. Meine Eltern hatten sich ebenfalls vor ihrer Hochzeit kaum gekannt, aber zwischen ihnen war Liebe gewesen, das hatten wir Kinder immer gespürt. Und nach dem Tod meiner Mutter hat mein Vater nicht mehr geheiratet. Dieses Ideal vor Augen reiste ich mit meinem Vater und meinen Brüdern zu meiner Hochzeit auf Lorenzos Burg. Es wurde ein rauschendes Fest und je mehr Alkohol getrunken wurde, um so mehr wurde mir bange. Es wurde ein wildes Gelage und selbst mein Vater und meine Brüder ließen ihren Trieben freien Lauf und vergnügten sich mit den vielen Mädchen, die für das leibliche Wohl sorgten. Lorenzo ignorierte mich völlig und begrabschte zwei vollbusige Weiber vor meinen Augen.

Meine Amme holte mich weg von der Tafel und brachte mich in meine Gemächer. Sie half mir beim Umkleiden.

„Mach Dir keine Gedanken, Enrica, so ist das nun mal, wenn eine solche Verbindung gefeiert wird. Und die Hochzeitsnacht ist selten schön – für die Frau. Du musst dich erst daran gewöhnen. Mit der Zeit wird es dir schon gefallen, glaube mir!" Sie zwinkerte mir zu.

In meinem wertvollen Nachtkleid wartete ich also auf meinen Mann. Er kam lange nicht und ich hoffte schon, dass er zu betrunken war, um die Ehe noch in dieser Nacht zu vollziehen, doch dann stand er plötzlich in der Tür.

„Nun lasst uns den Pakt besiegeln, den die Pfaffen gesegnet haben", schrie er so laut, dass die Männer auf dem Flur, die ihn begleitet hatten, laut grölten. Dann schloss er die Tür und kam schwankend auf mich zu. Er zerriss mein Kleid und warf es zu Boden, betrachtete mich von allen Seiten und fing an zu lachen:

„Ein Weib sollst Du sein? Hast nicht mal eine Hand voll Busen und keinen Arsch! Das Haar so dünn wie bei einer Alten und ein Gesicht, das einem das Fürchten lehren könnte. Aber das werde ich Dir nicht erlauben, das werde ich übernehmen. Ich werde Dich das Fürchten lehren!"

Damit packte er mich, schmiss mich auf das Bett und nahm mich mit Gewalt. Ich schrie, doch als er sagte: „Schrei nur so laut Du kannst, es soll jeder hören, welche Lust ich Dir bereite!" verstummte ich sofort.

Es war schrecklich. Es tat so weh. Das schlimmste war das Ausgeliefertsein. Ich konnte mich nicht wehren, er wusste genau, wie er mich festhalten musste, damit er sich an mir befriedigen konnte. Und ich wusste, dass ich mich nicht wehren durfte. Es war meine Pflicht, meinem Mann zu Diensten zu sein. Aber ich hatte nicht die leiseste Ahnung gehabt, wie erniedrigend das für eine Frau sein kann. Daran sollte ich mich gewöhnen? Daran sollte ich irgendwann Freude haben?

Als er fertig war, stand er auf, nahm das blutbefleckte Laken und zeigte es stolz den Wartenden vor der Tür. Die Meute jubelte. Er schrie: „Das wird ein Prachtbursche! – Bringt noch mehr Wein! Das muss gefeiert werden!"

Ich drehte mich zur Seite, zog meine Beine eng an meinen Körper und weinte. Meine Amme kam und deckte mich sanft zu. Sie streichelte meinen Kopf und sang ein Schlaflied aus meiner Kindheit. In jener Nacht wäre ich gerne wieder ein Kind gewesen.

„Das Böse ist das Fehlen des Guten."
Thomas von Aquin

Am nächsten Tag reisten mein Vater und meine Brüder wieder ab. Obwohl ich meine Tränen unterdrückte, sah mein Vater meinen Schmerz. Er nahm mich in seine Arme und flüsterte mir zu: „Kopf hoch, meine Kleine. Aller Anfang ist schwer. Du wirst das schon schaffen!"

Und für alle hörbar sagte er zu Lorenzo: „Passt gut auf meine einzige Tochter auf, verehrter Schwiegersohn! Seid gut zu ihr, dann wird sie Euch bald einen Stammhalter schenken."

Lorenzo war wieder so freundlich und zuvorkommend wie bei meiner Verlobung, nahm mich behutsam aus den Armen meines Vaters und hielt mich zärtlich an der Hand. Ich schöpfte Hoffnung.

Als mein Vater weg war, verbeugte sich Lorenzo vor mir: „Verzeiht, dass ich Euch nun hier alleine lassen muss, doch dringende Geschäfte erwarten mich." Damit ging er und ich sah ihn tagelang nicht mehr.

Die Burg war in einem schlechten Zustand. Der gesamte Haushalt ein einziges Durcheinander. Ich merkte schnell, dass ich nicht gerade erwartet worden war. Doch das war nun mein Zuhause und ich wollte es so einrichten, wie ich es gelernt hatte und für richtig hielt. Das waren die Aufgaben, auf die ich vorbereitet worden war und ich machte mich mit aller Kraft daran, sie zu erfüllen. Vielleicht ging ich zu forsch an die Sache heran, vielleicht habe ich zu viel zu schnell erwartet. Meine Vorschläge, meine Anweisungen wurden nur mürrisch umgesetzt und als Lorenzo nach drei Tagen wieder kam, hatte ich das gesamte Gesindel gegen mich aufgebracht.

Lorenzo tobte. „Was glaubt Ihr wer Ihr seid? Dies ist meine Burg, hier gebiete ich und Ihr habt Euch zu fügen!"

„Ich bin Eure Frau, ich bin hier Herrin! Meine

Aufgabe ist es, den Haushalt zu führen!" verteidigte ich mich.

„Ihr seid ein Weib und Eure einzige Aufgabe ist es, mir einen Sohn zu gebären. Aus allem anderen habt Ihr Euch raus zu halten!"

„Ich bin die Tochter eines Conte, ich bin nicht irgendein Weib. Ich bin zu Höherem geboren und erzogen worden."

„Wer hat Euch denn diese Flausen in den Kopf gesetzt? Ein Weib ist ein Weib und erst, wenn sie einen Sohn hat, hat sie einen Wert für einen Mann."

„Und warum habt Ihr dann nicht irgend ein Weib genommen, sondern habt mich geheiratet?"

„Von Politik versteht Ihr nichts. Und glaubt mir, ein einfaches üppiges Weib wäre mir lieber gewesen als die hässliche Tochter eines Conte. Warum sonst sollte Euer Vater der Heirat mit einem Baron so freudig zugestimmt haben? Es war wohl weit und breit kein Conte in Sicht! Seid froh, dass Ihr von adliger Abstammung seid, sonst hätte kein Mann sich Eurer erbarmt."

Ich wusste, ich entsprach nicht dem vorherrschenden Schönheitsideal, zu schlank meine Figur, zu klein mein Busen und ja, zu dünn meine Haare. Alle diese Attribute einer schönen Frau fehlten mir, aber deswegen sollte ich hässlich sein?

Das war wie ein Schlag ins Gesicht. Nein, das wollte ich nicht hinnehmen. Hier konnte ich mich wehren, hier musste ich mich nicht fügen und mit Worten konnte ich gut umgehen.

„So, Ihr habt Euch meiner erbarmt? Ich dachte, ich bin hier, weil Ihr Frieden wolltet, weil es politisch klug für beide Seiten ist. Und mit meiner Mitgift habt Ihr Eure Ländereien um ein gutes Stück erweitert. Was Euch meine – für Euch - so wenig ansprechende Erscheinung sicherlich etwas verschönt hat. – Erzählt mir nicht, ich würde von Politik nichts verstehen. Ich weiß genau, was mein Vater mit Euch ausgehandelt hat!"

Er starrte mich an als ob ich der Teufel wäre. Dann schlug er mir wirklich ins Gesicht und schrie: „Ihr sollt nicht denken, Ihr sollt gebären!"

Ich fiel hin und für einen Moment kehrte die Angst aus meiner Hochzeitsnacht zurück, doch dann richtete ich mich wieder auf und sagte:

„Unsere Verbindung ist ein Vertrag, den zu erfüllen ich gewillt bin und das gleiche erwarte ich auch von Euch. Also lasst mich meine Aufgaben als Herrin dieser Burg wahrnehmen."

Er schlug wieder zu. Wieder fiel ich hin. „Dein Vater glaubt also er hätte Frieden? Dieser alte Narr!" lachte er höhnisch. Dann beugte er sich zu mir herunter, packte mich an den Haaren und sagte mit wild funkelnden Augen: „Mit Dir habe ich keinen Vertrag, Du Hexe. Mit Deinem Vater habe ich einen Waffenstillstand geschlossen und Du bist nur das Unterpfand. Solange Du hier bist, wird Dein Vater mich nicht angreifen und wenn Du tust, was ich sage, wird es Dir gut gehen. Ansonsten werde ich Dir beibringen, was es heißt, ein Weib zu sein. Das hier ist erst der Anfang."

Er zog mich an den Haaren auf die Beine und hinter sich her bis zu meiner Kemenate. Ich schrie laut um Hilfe, doch niemand in diesem Gemäuer schien mich zu hören. Wieder nahm er mich mit Gewalt. Je mehr ich schrie, umso wilder wurde er. Meine Wunden waren noch nicht verheilt und der Schmerz noch schlimmer als beim ersten Mal. Irgendwann gab ich das Schreien auf.

Meine Amme kam wieder, sie streichelte mich wieder, sang wieder, doch ich schickte sie weg. Ich wollte keine Kinderlieder mehr.

„Die Zukunft allein ist unser Zweck, und so leben wir nie, wir hoffen nur, zu leben."

Thomas von Aquin

Am nächsten Morgen entstieg eine verheiratete Frau dem Bett der Schändung. Ich war die Tochter eines Conte, von edler Abstammung, ich würde meinen Pflichten nachkommen. Meine vornehmste Pflicht als Frau war die Sicherung der Erbfolge. Alles worauf es ankam, war ein Sohn. Wenn ich Mutter eines Sohnes war, hatte ich meine Pflicht erfüllt und dann würde ich dafür sorgen, dass Lorenzo nie mehr in mein Bett kommen würde. Wenn ich nur auf diese Weise einen Sohn bekommen sollte, dann eben auf diese Weise. Ich war mit vier Brüdern aufgewachsen, hatte reiten und kämpfen gelernt, hatte gelernt körperliche Schmerzen zu ertragen, das würde mich nicht umbringen.

Ich kleidete mich sorgfältig, ging aufrecht und mit Schmerzen im Schoß in die Kapelle um zu beten. Auf Knien, mit gefalteten Händen und gesenktem Kopf bat ich Gott inständig, mir die Kraft zu geben, die mir auferlegten Prüfungen zu meistern. Denn diese Ehe war eine Prüfung, die Gott mir auferlegt hatte. Aber warum war Gott über mich erzürnt? Was hatte ich falsch gemacht? Warum gab er mir einen Mann, der mich verachtete? Der mir meinen Platz an seiner Seite verweigerte? Der mich schlug? Der mir nichts als rohe Gewalt entgegen brachte?

„Ihr tut gut daran, Buße zu tun, denn Ihr habt Euren Ehemann erzürnt", hörte ich eine Stimme hinter mir sagen. Es war der Priester, der uns getraut hatte, ein kleiner dicker Mönch, mit schwarzer Kutte und Tonsur.

„Oh Vater, segnet mich", sagte ich mit Tränen in der Stimme, „denn ich weiß nicht womit."

„Das wisst Ihr nicht? Ihr habt Euch während seiner Abwesenheit in seine Angelegenheiten eingemischt. Das ziemt sich nicht für ein Weib. Das Weib ist dem Manne untertan, so steht es geschrieben!" sagte er mit erhobenem Zeigefinger.

„Ja, so steht es geschrieben. Ich habe mich nicht in die Angelegenheiten meines Mannes eingemischt, ich habe lediglich meinen Platz einnehmen wollen. Ich bin die Tochter eines Conte und wurde dazu erzogen, den Haushalt zu führen."

„Dann hat Euer Vater unrecht getan, in dem er seine Tochter nicht gottgefällig erzogen hat."

„Bei allem Respekt, verehrter Vater, aber mein Onkel, der Abt von Montecassino, hat über meine Erziehung gewacht. Ich sehe an Eurer Kutte, dass auch Ihr dem ehrwürdigen Orden der Benediktiner angehört. Vielleicht kennt Ihr meinen Onkel?"

„Den Abt von Montecassino?" fragte der Mönch erschrocken. „Nein – nein, ich bin ihm nie begegnet." Er betrachtet mich genau, so als ob er überlegen würde, was er nun noch sagen konnte. Mit der Nichte eines so mächtigen Abtes, musste er anders reden, das schien ihm plötzlich klar zu werden. „Euer Onkel ist ein weiser Mann, er wird Euch auch Folgendes aus der Bibel vorgelesen haben: *Dein Trotz und deines Herzens Hochmut hat dich betrogen, weil du in Felsenklüften wohnst und hohe Gebirge innehast. Wenn du denn gleich dein Nest so hoch machtest wie der Adler, dennoch will ich dich von dort herunterstürzen, spricht der Herr.*" Damit deutete er eine Verbeugung an und verließ eilig die Kapelle.

Von diesem Mönch konnte ich keine Unterstützung erwarten. Dennoch gaben mir seine Worte zu denken. Hochmut ist eine schwere Sünde. Hatte ich mich ihrer schuldig gemacht? War ich deshalb in Ungnade gefallen? Ich setzte mich hin, doch die Schmerzen zwischen meinen Beinen erinnerten mich unerbittlich an die letzte Nacht. Schnell stand ich wieder auf. Ja, es steht geschrieben: *Die Weiber seien untertan ihren Männern als dem Herrn.* Ich wusste sogar wo: Neues Testament, Epheser, Kapitel 5, Vers 22. Aber behandelt ein Herr seine Untertanen so schlecht? Ich hatte niemals an der Richtigkeit dieser Worte gezweifelt. Meine Mutter war meinem Vater ergeben und er ist ihr immer mit Güte und Nachsicht, ja mit Liebe und Respekt gegenüber getreten. Niemals hatte ich erwartet von meinem Mann so misshandelt zu werden. Das konnte nicht richtig sein. Warum also musste ich büßen? War allein mein Hochmut schuld am Verhalten meines Mannes? Hatte ich eine solche Behandlung verdient? Nein, ich war mir keiner Schuld bewusst und ich wünschte, mein Onkel wäre hier und könnte mir zeigen, wo ich Trost in der Bibel finden würde. Die Bibel! Ich sah mich um und suchte nach einer Bibel, doch nirgends fand ich eine. Dann verließ ich schmerzenden Schrittes die Kapelle und suchte die Bibliothek, doch einen solchen Raum gab es in dieser Burg nicht. Nirgends auch nur ein Buch.

Lorenzo kam wie es ihm beliebte. Ich wehrte mich nicht. Mit der Zeit gewöhnte sich mein Körper tatsächlich daran und es tat nicht mehr weh, aber diese Erniedrigung und dieses Ausgeliefertsein waren schrecklich. Obwohl ich stark sein wollte, musste ich immer wieder weinen, sobald ich alleine war. Die Tränen waren das Wundwasser meiner Seele.

Meine Amme versuchte alles, um mich zu trösten, aber ich fühlte mich von ihr verraten. Sie hatte den Ehestand immer als das Schönste und Höchste für eine Frau beschrieben. Niemand, auch sie nicht, hatte auch nur angedeutet, was für ein Martyrium es sein konnte, ein Kind zu empfangen.

Jeden Tag ging ich in die Kapelle, vertiefte mich in Gebete und bat um eine Frucht in meinem Leib, bat mich von dieser Folter zu erlösen, bat um einen gesunden Sohn. Den Mönch sah ich nicht mehr. Er habe sich in sein Kloster zurückgezogen, sagte man mir. Die Bibel hatte er mitgenommen.

Um das alles durchzustehen musste ich bei Kräften bleiben und da ich auch sonst keine Aufgaben hatte, aß ich gut und viel. Ich wurde etwas üppiger, was Lorenzo allerdings gar nicht bemerkte. Aber mein Vater, der uns nach etwa einem halben Jahr besuchte, begrüßte mich mit den Worten:

„Meine wunderschöne Tochter! Du bist noch schöner geworden. Der Ehestand scheint Dir zu bekommen!"

Ich fiel ihm in die Arme und er deutete meine Tränen als Tränen der Freude über unser Wiedersehen. Ich ließ ihn in dem Glauben, denn ich hatte Angst davor, was Lorenzo mit mir anstellen würde, wenn ich auch nur eine Andeutung machen würde. Lorenzo war wieder der freundliche und zuvorkommende Schwiegersohn, so dass mein Vater keinerlei Verdacht schöpfte. Was hätte es auch gebracht? Mein Vater hätte sich vielleicht Sorgen gemacht, aber hätte er mich wieder mitgenommen und damit den alten Konflikt wieder aufleben lassen? Hätte ich das gewollt? Wäre das nicht als mein Versagen gewertet worden? Es war meine Aufgabe im Leben, zu heiraten und Kinder zu bekommen. Verheiratet war ich. Kinder würden kommen, alles Weitere würde sich ergeben. Ich musste Geduld haben. Aller Anfang ist schwer, das waren die Worte, die mein Vater mir zum Abschied gesagt hatte. Er sollte stolz auf mich sein, ich würde das schon schaffen. Im Moment war ich einfach nur froh, ihn für eine kurze Weile bei mir zu haben.

„Ich habe Dir einen Brief mitgebracht", sagte er freudestrahlend.

„Ein Brief?" Lorenzo schien überrascht.

„Für Enrica, von ihrem Onkel Giovanni, dem Bruder meiner verstorbenen Frau. Er ist Abt im Kloster Montecassino."

Schnell nahm ich den Brief an mich und versteckte ihn in meinem Kleid.

„Soll ich jemanden holen, der ihn Euch vorliest?" fragte Lorenzo so freundlich, dass mir ganz unwohl wurde.

„Das kann sie selbst", sagte mein Vater stolz.

„Sie kann lesen?" Lorenzo war entsetzt.

„Und schreiben. Sie war noch besser als ihre Brüder. Was überrascht Euch daran?" Mein Vater war doch etwas verwundert über seinen Schwiegersohn.

„Gott hat den Frauen nur wenig Verstand gegeben", versuchte Lorenzo eine allgemeingültige Antwort zu geben.

„Bei Enrica hat er wohl eine Ausnahme gemacht", lachte mein Vater. „Macht es Euch zu Nutzen, Lorenzo. Eine tüchtige Frau hat noch keinem Mann geschadet."

An Lorenzos Gesicht sah ich, dass er ganz anderer Meinung war. Mein Vater schwelgte in Erinnerungen:

„Mit Enrica hatten wir gar nicht gerechnet. Meine liebe Frau war mit unserem dritten Sohn niedergekommen, den wir Enrico nennen wollten, doch der Junge starb gleich nach der Geburt. Alle waren wir in Trauer um diese arme Seele gestanden, als meine Frau plötzlich noch einem zweiten Kind das Leben schenkte. Es war ein Mädchen und zu Ehren des toten Bruders nannten wir sie Enrica. Sie blieb unsere einzige Tochter. Nach ihr kamen noch zwei Söhne."

Lorenzo heuchelte Interesse und so erzählte mein Vater weiter: „Giovanni, der damals noch nicht Abt war, unterrichtete unsere Rasselbande und weil die Kleinen nur lernten, wenn Enrica dabei war, lernte Enrica alles das, was die Jungen auch lernten. Das ließ sich gar nicht verhindern." Mein Vater lächelte mich liebevoll an.

„Genug von den alten Zeiten, Vater. Erzählt mir lieber wie es meinem verehrten Onkel geht." Damit nahm ich ihn am Arm und führte ihn an die reich gedeckte Tafel.

„Giovanni geht es gut. Du weißt ja, wie sehr er Bücher liebt. Seit er Abt ist, bemüht er sich, die Bibliothek seines Klosters zu vergrößern und ist daher oft auf Reisen, immer auf der Suche nach neuem Wissen. Auf seinem Weg nach Paris hat er mich besucht und diesen Brief für Dich geschrieben."

„Was will er denn in Paris?"

„Er will dort ein bestimmtes Buch erwerben und

hofft auch den Verfasser, einen gewissen Thomas von Aquin zu treffen. Das ist wohl ein berühmter Magister an der dortigen Universität. Du weißt, ich verstehe von diesen Dingen nicht viel, aber Giovanni meint, dass dieser Bruder Thomas Revolutionäres leistet, in dem er das Wissen der alten griechischen Philosophen in Einklang mit der Heiligen Schrift bringt. Mit diesem Buch könne man die Heiden mit Hilfe der Vernunft von der Wahrheit Christi überzeugen. Ich glaube er hat es Dir genauer in seinem Brief erklärt."

„Die Heiden muss man mit dem Schwert bekämpfen", rief Lorenzo. „Was für ein Narr muss dieser Gelehrte in Paris sein, wenn er glaubt, Jerusalem lasse sich mit einem Buch zurück erobern!"

„Nun, mit dem Schwert hat es bisher auch nicht geklappt, vielleicht sollte man es wirklich mal mit diesem Buch versuchen", schmunzelte mein Vater.

„Verehrter Conte, ich fürchte Ihr seid schon zu alt, um zu begreifen, welche Bedrohung die Mamelucken für unsere Welt darstellen. Diese Barbaren werden kaum vor einem Buch haltmachen!" ereiferte sich Lorenzo.

„Von unseren Schwertern haben sie sich auch nicht beeindrucken lassen." Mein Vater amüsierte sich. „Der letzte Kreuzzug ist kläglich gescheitert, wie Ihr sicherlich wisst. Und was hat er gebracht? Nichts als Tod und Verderben. Ihr habt Recht, ich bin alt und bin der vielen Kriege müde. Ich dachte Ihr seid es auch, verehrter Schwiegersohn. Ich dachte ich seid ein Mann des Friedens."

„Natürlich bin ich das, aber diese Mamelucken verstehen keine andere Sprache als das Schwert."

„Diese Sprache beherrschen sie wesentlich besser als unsere Ritter, wenn man den wenigen Überlebenden glauben darf, die ihren Schwertern entkommen sind."

„Dieses Mal wird Gott auf unserer Seite sein!" Lorenzo sprang auf, zog sein Schwert und bedrohte damit meinen Vater. „Dieses Mal werden wir siegreich heimkehren!" Lorenzos Blick war funkelnd vor Kampfeslust.

Mein Vater blieb ungerührt sitzen. „Dann wollt Ihr Euch also König Ludwig IX von Frankreich anschließen?"

Lorenzo steckte sein Schwert wieder in die Scheide und sagte stolz: „Das werde ich. Ich habe ihm bereits meine volle Unterstützung zugesichert."

„Ich hätte nicht gedacht, dass Ludwig noch einmal aufbrechen würde, nach den Erfahrungen, die er das letzte Mal gemacht hat. Ich dachte er hätte daraus gelernt."

„Das hat er auch. Er kennt die Mamelucken und ihre Kriegskunst. Dieses Mal sind wir besser vorbereitet. Dieses Mal werden wir siegen!" Lorenzos Augen leuchteten.

Ein Diener kam herein, flüsterte seinem Herrn etwas ins Ohr, woraufhin Lorenzo sich überaus freundlich von meinem Vater verabschiedete, er habe leider dringende Geschäfte zu erledigen.

Mein Vater sah mich sorgenvoll an. „Ich fürchte, ich habe Dir keinen Gefallen getan, als ich sein Friedensangebot annahm. Es sieht so aus, als ob er den Frieden mit mir nur gemacht hat, um mit Deiner Mitgift seinen Kreuzzug zu finanzieren. Du wirst bald für eine lange Zeit alleine sein und wer weiß, ob er je wieder zurückkommt. Möge Gott Dir also bald einen Sohn schenken."

„Ja, liebster Vater betet für mich, denn ich wünsche mir nichts sehnlicher als meine Pflicht zu erfüllen und einem gesunden Jungen das Leben zu schenken. Sollte sein Vater ruhmreich im Heiligen Land sterben – Gott, der Herr im Himmel möge das verhindern- so würde ich doch dafür sorgen, dass Euer Enkel das Erbe seines Vaters antreten kann."

„Du bist eine gute Tochter, Enrica, ich bin sehr stolz auf Dich! Du stellst Deine eigenen Bedürfnisse zurück und denkst nur an die Zukunft des Hauses, in das ich Dich unglücklicherweise verheiratet habe."

Gott, der Herr im Himmel wusste, dass es nicht ganz

so war. Die Aussicht, Lorenzo würde bald auf diesen Kreuzzug aufbrechen erfüllte mich mit Hoffnung. Wenn ich Lorenzo auch nicht den Tod wünschte, so wünschte ich doch, er würde lange weg bleiben. Ich war mir der Ungeheuerlichkeit meiner Gedanken bewusst und konnte sie doch nicht verhindern. Ich hoffte, Gott würde mir verzeihen, ich hoffte, dass meine nächtlichen Qualen bereits die Strafe dafür waren.

„Wie es aussieht, lassen sich weder die Heiden noch Lorenzo von einem Buch beeindrucken", versuchte mein Vater mich aufzuheitern, „aber ich weiß, dass Du Freude an Gottes Wort hast." Er gab mir die Bibel meiner Mutter. Wieder stiegen mir die Tränen in die Augen, denn als ich das Buch sah, sah ich wieder meine Mutter, wie sie in ihrer Kemenate saß und mir zuhörte, während ich ihr vorlas. Sie hatte selbst nie lesen und schreiben gelernt, aber sie liebte es, wenn ich ihr vorlas und ich liebte es, wenn sie mir zuhörte. Die Erinnerung an ihren liebevollen Blick auf mich, während ich die für sie unverständlichen Zeichen laut las und dadurch Gottes Worte für sie hörbar wurden, machte mir umso mehr bewusst, wie lieblos dieses Leben neben Lorenzo war. Und ich wünschte noch sehnlicher endlich ein Kind zu bekommen, damit ich ihm auch aus dieser Bibel vorlesen konnte, damit ich ihm ebensoviel Liebe geben konnte, wie meine Mutter einst mir. Ich fiel meinem Vater um den Hals und weinte bitterlich. Er umarmte mich fest und streichelte mir den Rücken, so wie er uns Kinder immer getröstet hatte.

„Ja, sie fehlt mir auch sehr", sagte er mit Tränen in der Stimme.

Damals wusste ich noch nicht, dass ich meinen Vater nie wieder sehen würde und deshalb bin ich noch heute dankbar, dass uns dieser letzte innige Moment vergönnt war.

Was mir für lange Zeit blieb, war der Brief meines Onkels:

„Meine liebste Nichte Enrica,

wie lange ist es her, dass wir uns gesehen haben? Ich denke oft und gerne an die Zeit zurück, als ich euch Kinder unterrichtet habe, und wir so viel Freude miteinander hatten. Deine Brüder wollten von all den Buchstaben und Zahlen nicht viel wissen, aber Du hast alles immer so schnell gelernt, dass es fast unheimlich war. Und dann hast Du Deinen Brüdern geholfen, das auch zu lernen. Ich habe mich oft gefragt, was ich ohne Deine Hilfe gemacht hätte. Ob ich dieser Rasselbande alleine so viel beigebracht hätte? Das weiß nur Gott allein. Gott der Herr hat Dir so viele Gaben geschenkt und Du hast diese immer zum Nutzen der anderen eingesetzt. Das Wohl Deiner Brüder war Dir wichtiger als Dein eigenes. Deine Eltern und auch ich waren immer sehr stolz auf Dich und vor allem Deine Mutter war glücklich, eine solch gottesfürchtige Tochter zu haben.

Wie viele Jahre sind inzwischen vergangen? Nun bist Du schon verheiratet und Dein Mann kann sich glücklich schätzen, eine so tüchtige und selbstlose Frau zu haben. Du wirst die beste Mutter sein, die ein Kind sich wünschen kann.

Wie Dein Vater Dir inzwischen sicherlich schon mitgeteilt hat, bin ich auf dem Weg nach Paris. Dort lehrt der berühmte Dominikaner Mönch Thomas von Aquin. Vor einiger Zeit habe ich immer wieder Abschriften von Auszügen aus seiner „Summa contra gentiles" *bekommen und war fasziniert von seiner Argumentation. Es wird auch als* „Buch von der Wahrheit des allgemeinen Glaubens gegen die Irrtümer derer, die nicht glauben" *bezeichnet. Mit diesem Werk gelingt es ihm, die Wahrheit der Bibel allein aus der Vernunft zu erklären. Er will seinen Mitbrüdern damit die wissenschaftlichen Argumente geben, die sie benötigen, um die oft sehr gebildeten Heiden, allen voran die Muslime und Juden von der Richtigkeit der Heiligen Schrift zu überzeugen. Thomas von Aquin hat alle griechischen Philosophen studiert. Vor allem Aristoteles hat es ihm angetan, zu dessen Werk hat er unzählige Kommentare geschrieben, was viele in der Kirche als Häresie betrachten, doch bisher haben alle Päpste ihre schützende Hand über ihn gehalten. Was mich nicht wundert, denn Thomas benutzt die Philosophie, um die Wahrheit der christlichen Grundlehren zu beweisen. Wenn mit den Schriften des Aristoteles beweisbar ist, dass Jesus Recht hat, dann hat der Papst gute Argumente gegen alle Anfeindungen von außen. Und die gibt es, glaube mir, mehr als sich manche meiner Mitbrüder vorstellen können. Innerhalb unserer Kirche zweifelt niemand an der Wahrheit der Heiligen Schrift, aber der Papst muss unseren Glauben gegenüber den Andersgläubigen verteidigen. Mit Argumenten allein aus der Bibel lässt sich ein gebildeter Heide nicht beeindrucken. Thomas gelingt, es zu beweisen, dass unser Glaube nicht allein wahr ist, weil wir daran glauben, sondern weil die Vernunft des Menschen erkennen kann, dass er wahr ist. Er sagt:* Ich würde nicht glauben, wenn ich nicht einsehen würde, dass es vernünftig ist zu glauben. *Den Argumenten der Vernunft kann auch ein Heide nur mit Vernunft entgegentreten, womit ein Disput auf höchstem wissenschaftlichem Niveau möglich ist, den zu gewinnen natürlich das Ziel dieses ungewöhnlichen Magisters ist. Und alles, was ich bisher von ihm gelesen habe, deutet darauf hin, dass er nicht leicht zu widerlegen ist.*

Wie Du weißt, halten wir Benediktiner nicht viel von diesen dominikanischen Bettelmönchen, die mit ihrem unaufhörlichen predigen allen Menschen Gottes Wort in verständlicher Form verkünden wollen. Aber dieser Bruder Thomas genießt meine volle Hochachtung, denn er hat aus seinem Drang heraus, die ganze Welt zu missionieren ein Werk geschaffen, das es mir erlaubt, endlich auch die alten Griechen zu lesen. (Was ich – wie Du weißt – längst getan habe, aber nun darf ich es sozusagen mit päpstlicher Genehmigung.) In dem dieser Magister verkündet hat: „Der Glaube braucht die Vernunft", *hat er allen Universitäten die Möglichkeit gegeben endlich auch offiziell die heidnischen Wissenschaften des Aristoteles, Platon, Sokrates und wie sie alle heißen, zu lehren.*

Als ich Abt in Montecassino wurde, waren meine Mitbrüder alles andere als erfreut. Sie wollten keinen Fremden und ich brauchte lange, um ihr Vertrauen zu erlangen. (Ich bin mir nicht sicher, ob ich es inzwischen wirklich habe oder je erlangen werde.) Als ich dann auch noch von diesem Thomas von Aquin schwärmte und sein Werk in unsere Bibliothek aufnehmen wollte, schlug mir eisiges Schweigen entgegen. Inzwischen habe ich erfahren, dass Thomas im Alter von fünf Jahren als Oblate, also als Geschenk seiner Familie an das

Kloster, nach Montecassino kam. Er war der jüngste Sohn und so teilt er mein Schicksal, das Schicksal aller letztgeborenen Söhne, deren Leben der Kirche geweiht ist. Aber im Gegensatz zu mir, muss er schon früh Gefallen an dieser Lebensweise gefunden haben. Er war sehr gelehrig und ich vermute, er wäre jetzt Abt von Montecassino anstatt meiner, wenn nicht die Streitigkeiten zwischen Papst Gregor IX und Kaiser Friedrich II den jungen Thomas gezwungen hätten, im Jahre 1239 Montecassino zu verlassen. Er ging in das sichere Neapel und konnte an jener berühmten und modernen Universität die freien Künste studieren. (Was mir leider versagt geblieben ist.) Vermutlich hat er bereits dort die damals noch verbotenen Schriften des Aristoteles gelesen. In jener Zeit lernte er auch die Lehren des heiligen Dominikus kennen und im Jahr 1244 trat er ihrem Orden bei. Wie meine Mitbrüder mir sagten, war seine Familie alles andere als einverstanden damit und um ihn zur Rückkehr in eine sichere Zukunft im Kloster Montecassino zu bewegen, entführten sie ihn auf seinem Weg nach Paris und hielten ihn ein Jahr lang auf ihrer Burg Roccasecca gefangen. Aber es hat wohl nichts genützt, denn nach diesem Jahr ging er nach Paris, noch immer in der Kutte der Dominikaner.

Inzwischen hat dieser eigensinnige Thomas bei Albertus Magnus in Paris und Köln studiert und ist nun selbst ein berühmter Magister. Noch schämen sich meine Mitbrüder seiner, aber ich bin mir sicher, irgendwann werden sie Kapital aus dieser Geschichte schlagen und sich im Glanz ihres berühmten Sohnes sonnen. Wie dem auch sein möge, nun schlage auch ich erst einmal Kapital aus meinem Amt als Abt dieses berühmten Klosters, in dem ich hoffe, als Gesandter seiner ehemaligen Abtei von ihm empfangen zu werden.

Auf meinem Rückweg werde ich Dich besuchen, meine liebste Nichte und genaueres berichten. Gott sei mit Dir und schenke Dir viele gesunde Kinder.

Dein Onkel Giovanni.

> *„Für Wunder muss man beten,*
> *für Veränderungen muss man arbeiten."*
>
> Thomas von Aquin

Meine Gebete wurden nicht erhört. Langsam aber sicher schlich sich die Angst der Unfruchtbarkeit in meine Gedanken. Auf meinen täglichen Wegen zwischen meinen Gemächern und der Kapelle ging ich immer durch den Garten, was dem Koch gar nicht gefiel. Es war kein Garten, wie ich ihn aus meiner Kindheit kannte, es war eher eine verwilderte Wiese, auf der allerlei Kräuter wuchsen, die niemand zu nutzen wusste. Ich kannte mich damit nicht aus, aber ich erinnerte mich, dass meine Mutter auf das Wissen einer Heilerin vertraute, die unseren Garten bewirtschaftet hatte. Eine solche Heilerin brauchte ich. Ich schickte meine Amme in das Dorf um sich dort umzuhören, aber niemand war bereit, in meine Dienste zu treten. Die Leute hatten zu viel Angst vor dem Zorn meines Gatten und es hatte sich wohl herumgesprochen, wie gering meine Möglichkeiten innerhalb dieser Burg waren.

Der Koch war einer der ersten gewesen, der sich gegen eine „Herrin" auf der Burg gewehrt hatte. Inzwischen wusste ich warum und das wollte ich mir zu Nutzen machen. Gemeinsam mit meiner Amme begann ich eines Morgens ein Stück dieses Gartens zu bearbeiten. Es dauerte nicht lange, als auch schon der Koch heraus kam und uns vertreiben wollte. „Soweit ich weiß, ist es Euch nicht gestattet hier etwas zu verändern, Baronessa."

„Dieser Teil des Gartens liegt brach seit ich hier her gekommen bin. Du benötigst ihn nicht, also was kümmert es Dich?"

„Es ist mein Garten, und ich kann damit tun und lassen was ich will – auf ausdrückliche Anweisung des Herrn." Er sah mich drohend an.

„Ich nehme an, mein Gatte hat ebenso ausdrücklich

seine Zustimmung zu Deiner Verwaltung der Vorräte gegeben?"

„Ich verstehe nicht, was die Baronessa meint?"

„Nun, soweit ich beobachten konnte, kommen nicht nur mein Gatte und ich in den Genuss Deiner vorzüglichen Speisen, sondern auch einige Leute im Dorf."

„Da haben Baronessa falsch beobachtet." Er sah mich erschrocken an.

„Das glaube ich nicht, denn ich sah, wie Du mehr als nur die Reste unter den Armen der ärmsten verteilen ließest - was im Übrigen mein Herz gerührt hat und meine ausdrückliche Zustimmung findet."

„Baronessa haben nicht den geringsten Beweis für diese Behauptung und ich glaube nicht, dass es dem Herrn Baron gefallen würde, wenn ich ihm von Eurer erneuten Einmischung in meine Angelegenheiten berichte."

„Das würde ihm ganz sicher nicht gefallen, da stimme ich Dir zu. Aber es würde ihm auch nicht gefallen zu hören, wie großzügig Du mit seinen Vorräten umgehst. Einem solchen Verdacht würde er nachgehen, selbst wenn er von mir geäußert wird."

Er wusste, ich hatte Recht. Lorenzo war mehr als geizig und die armen Leute im Dorf kümmerten ihn einen Dreck. Alles an was Lorenzo dachte, war der baldige Aufbruch ins Heilige Land und dafür brauchte er alle ihm zur Verfügung stehenden Mittel.

„Der Herr wird Euch nicht glauben", versuchte er erneut mich einzuschüchtern, doch ich sah an seinen Augen, dass er unsicher war.

„Vielleicht nicht, aber Du müsstest zumindest eine Weile auf der Hut sein, könntest nicht mehr so schalten und walten, wie Du es gewöhnt bist. Und wem wäre damit gedient? Den Armen, die auf Deine Hilfe angewiesen sind, am allerwenigsten. Sie wären die Leidtragenden unserer unbedeutenden Auseinandersetzung um dieses kleine Stück Land. Ist es das wert?"

„Also gut, Baronessa, nehmt dieses Stück Garten und

lasst mich in Ruhe", gab er nach.

„Noch nicht, mein lieber Pietro."

„Was wollt Ihr denn noch?"

„Ich benötige Hilfe. Meine Amme ist alt und kann nicht mehr so schwer arbeiten. Ich darf mir nicht die Hände schmutzig machen, sonst kommt mein Gatte vielleicht hinter dieses kleine Geheimnis, und das wollen wir beide nicht. Schick mir also jemanden, der mir diesen Garten anlegt, jemanden, der sich mit Heilkräutern auskennt."

„Und wie wollt Ihr ihn entlohnen?"

„Das wirst Du tun, denn er bearbeitet ja schließlich Deinen Garten. Ich bin bereit, die Hälfte der Ernte als Lohn beizusteuern und die andere Hälfte Deiner Küche zur Verfügung zu stellen."

Er murrte.

„Sieh es nicht als Einmischung, Pietro, betrachte es als kleinen Beitrag zu Deinem guten Werk."

Das konnte er nicht. Jedenfalls noch nicht. Schon am nächsten Tag kamen eine ältere Frau, die meine Mutter hätte sein können, und ein junges Mädchen in den Garten. Beide trugen sie Kleidung, die ich als Lumpen bezeichnet hätte, aber bei genauerem Hinsehen konnte ich erkennen, dass sie trotz aller Versatzstücke sauber und ordentlich war, auch ihre Haut und ihre Haare waren gepflegt. Die ältere hieß Gineva und war die Großmutter von Rosa, dem Mädchen, das unseren Garten anlegen sollte. Gineva sagte, sie kenne sich aus mit Kräutern und was immer ich wünsche, würde sie Rosa mitgeben, damit sie es in unserem Garten pflanzen und pflegen könne. Ich spürte ihre Ablehnung mir gegenüber. Ihre Armut zwang sie für mich zu arbeiten, aber sie verachtete mich und meinen Stand, was ich ihr nicht verdenken konnte, nach allem was ich inzwischen über Lorenzo und seine Herrschaft über die Menschen, die ihm anvertraut waren, wusste.

„Ich will Dir nichts vormachen, Gineva, es geht mir

nicht um den Garten, es geht mir um die Kräuter, die ich brauche, um endlich schwanger zu werden. Du bist bereits Großmutter, das heißt Gott hat Dir zumindest ein Kind geschenkt. Ich bin eine Frau wie Du und mein sehnlichster Wunsch ist es, einem gesunden Sohn das Leben zu schenken. Wenn Du Dich auf die Kunst der Kräuter verstehst, dann bitte ich Dich um die Gunst Deiner Heilkräfte. Ich bin eine Gefangene in dieser Burg und kann Dir nichts geben als etwas Schmuck, den ich von meiner Mutter geerbt habe."

„Ich will diesen Schmuck nicht, er würde nur Fluch über uns bringen. Aber ich Danke Euch für Eure Offenheit, Baronessa, das ist der Lohn, auf den ich gehofft habe." Sie lächelte mich an. „Ja, ich kann mir vorstellen, wie groß Euer Wunsch ist. Lorenzo wird sicherlich schon ungeduldig sein, wenn man bedenkt, wie viele Bastarde er bereits gezeugt hat. Alles was er noch braucht ist ein legitimer Erbe bevor er sich dem Kreuzzug anschließt. Ich werde mein Möglichstes tun, um Euren Wunsch bald in Erfüllung gehen zu lassen."

„Ich Danke Dir von Herzen, Gineva, auf eine Frau wie Dich habe ich gehofft. Ich wünschte, ich könnte mehr tun, als das, was der Koch Euch versprochen hat."

„In dem Ihr Rosa eine Arbeit und Essen verschafft habt, habt Ihr mir einen großen Gefallen getan. Ich wollte ihr sowieso mein Wissen weiter geben. Auf diese Weise lernt sie alles und wird dafür noch entlohnt."

„Ich hoffe, Du lässt mich an Deinem Wissen teilhaben, damit auch ich es eines Tages an meine Enkel weiter geben kann."

„Nun müsst Ihr erst einmal ein Kind kommen, bevor Ihr an Enkel denken könnt, Baronessa", lachte Gineva herzlich.

Gineva fand einiges in unserem verwilderten Garten, den Rest brachte sie aus ihrem eigenen. Dem Koch zeigte sie, wie er sie zubereiten musste. Er kochte speziell für mich und ließ das Essen direkt in meine Gemächer bringen. Lorenzo hatte die gemeinsamen Mahlzeiten von Anfang an vermieden, so fiel ihm diese Veränderung nicht auf.

Rosa brachte Freude in mein Leben. Sie war ein so freundliches und liebes Mädchen, das mir mit Eifer alles erklärte, was sie von ihrer Großmutter gelernt hatte. Ich begann die Pflanzen zu zeichnen und schrieb alles auf, was ich über ihre Wirkungsweisen lernte.

Nach zwei Monaten spürte ich an meinem Busen die ersten Veränderungen. Von Gineva hatte ich viel über den Zyklus der Frauen erfahren und so war es eindeutig, dass eine Frucht in meinem Leib heranwuchs.

„Keine Wesenheit ist in sich böse. Das Böse hat keine Wesenheit."

Thomas von Aquin

Lorenzo sah ich einige Wochen nicht, was mir die dringend benötigte Ruhe gab. Ich ging noch immer jeden Tag in die Kapelle und dankte Gott für die Erhörung meiner Gebete. Und Gott war mir gnädig, denn er schickte mir einen seiner treuen Diener, meinen Onkel Giovanni. Wie er es versprochen hatte, besuchte er mich auf seiner Rückreise von Paris.

„Enrica, meine liebste Nichte, wie schön Du geworden bist!"

„Liebster Onkel, lasst diese Schmeicheleien, ich weiß, dass Ihr für derlei Äußerlichkeiten kein Interesse hegt."

„Da hast Du Recht, mein Kind, und ich habe vergessen, dass man Dich mit Schmeicheleien nicht täuschen kann. Seit ich Abt bin und mich viel in weltlicher Gesellschaft befinde, habe ich mir derlei Höflichkeiten angewöhnt, es öffnet einem viele Türen."

„Meine Tür steht Euch immer offen, lieber Onkel, auch ohne diese belanglosen Floskeln. Erzählt mir lieber von Eurer Reise, wart Ihr erfolgreich?"

„Oh ja, ich habe ein Exemplar dieser *Summa contra gentiles* erwerben können. Meine Mitbrüder im Scriptorium werden wenig begeistert sein, wenn sie weitere Kopien des Werkes dieses berühmten Bettelmönches anfertigen sollen, aber da sie zu unbedingtem Gehorsam verpflichtet sind, werden sie nicht darum herum kommen." Er grinste mich an wie ein Junge, der einen Streich plante.

„Und wie ist er so, dieser berühmte Bettelmönch? Habt Ihr ihn gesprochen?"

„In gewisser Weise schon. Man hat mich ihm vorgestellt, als er gerade seinen Sekretären diktierte. Übrigens dreien gleichzeitig! Er tat es so schnell und so konfus, dass ich glaubte, er wäre verrückt, aber nach einer

Weile des Beobachtens verstand ich sein System. Er ging, die Arme hinter dem Rücken, immer im Kreis herum, blieb einen Augenblick vor einem der Sekretäre stehen, diktierte diesem ein paar Gedanken, ging zum nächsten, diktierte diesem ein paar Gedanken zu einem anderen Thema und ging zum dritten, um diesen wieder ein paar Gedanken zu einem weiteren Thema zu diktieren. Dann ging er wieder zum ersten, der gerade so mit schreiben fertig war und diktierte diesem wieder ein paar Gedanken zum ersten Thema. So ging das fort, immer im Kreis herum und die Sekretäre hatten zu tun, diesem Tempo zu folgen. Ich hatte das Gefühl, dieser Magister könnte ewig so weiter machen, aber sein Socius Reginald unterbrach ihn an einer passenden Stelle, damit die Sekretäre eine Pause erhielten und Thomas seinen Besuch, also mich, begrüßen konnte. Ich reichte ihm die Hand, doch er beließ seine Hände hinter seinem Rücken und deutete nur eine schwache Verbeugung an. Mit einem gequälten Lächeln hörte er sich meine Grüße aus seinem alten Kloster an, gab mir Grüße an sein altes Kloster mit und widmete sich wieder seinen Sekretären. – Also *gesprochen* habe ich mit ihm, aber nicht so, wie ich es erhofft hatte. Reginald war sehr viel freundlicher und verbindlicher. Er entschuldigte sich für das Verhalten seines Magisters. Wenn dieser in göttlichen Sphären weile, dann sei ihm die irdische Welt so fern, wie uns einfachen Mönchen der Himmel. Es wäre schon eine Auszeichnung, dass er mich überhaupt empfangen habe."

„Seid Ihr sehr enttäuscht, lieber Onkel? Diese weite Reise für ein paar Grüße an ein Kloster, das sich seiner schämt?"

„Nein, ganz und gar nicht. Der ganze Aufenthalt in Paris war sehr amüsant. Ich hatte reichlich Gelegenheit diesem berüchtigten Gelehrtenstreit beizuwohnen, der dort an der Universität schon seit Jahrzehnten die Gemüter erhitzt."

„Und Ihr wart mittendrin?"

„Ich war Zuschauer, habe nur zugehört. Diese Magister streiten über Themen, die auch ich interessant finde, aber sie streiten, als ob das Überleben der Menschheit davon abhinge und diese Auffassung teile ich nun ganz und gar nicht. Da ist es besser, man hört nur zu, sonst wird man noch als Häretiker angeklagt, nur weil man ihren Eifer nicht teilt."

„Und über was streiten diese Gelehrten in Paris so eifrig?"

„Als ich dort war, ging es hauptsächlich um die Welt und ob sie einen Anfang hat. Aristoteles ging davon aus, dass die Welt ewig sei. In der Bibel aber steht, dass Gott die Welt schuf und somit einen Anfang haben muss, nämlich in Gott. Die meisten Gelehrten sagen, dass die von Aristoteles angenommene Ewigkeit der Welt schlechthin eine Denkunmöglichkeit sei und daher könne man bereits auf rein philosophischem Weg, also durch beweisende Vernunftargumente zeigen, dass die Welt einen Anfang haben muss."

„Und Thomas von Aquin teilt diese Auffassung?"

„Das dachte ich zumindest, aber dem ist nicht so. Er sagt, es sei unmöglich auf rein rationalem Weg nachzuweisen, dass die Welt einen Anfang haben muss. Allein Offenbarung und Glaube können uns letztlich dazu bringen, dass wir mit der dem Glauben eigentümlichen Gewissheit an einem solchen Anfang der Welt festhalten."

„Aber, wenn er sagt, dass man nicht beweisen kann, dass die Welt einen Anfang haben muss, gibt er damit nicht Aristoteles Recht und widerspricht damit der Bibel?"

„Das ist eines der vielen Gegenargumente. Aber er ist von der Wahrheit der Bibel und damit von einem Anfang der Welt überzeugt und sagt, dass dies eben nicht durch reine Vernunft bewiesen werden kann. Diese Wahrheit ist nur durch göttliche Offenbarung und Glaube den Menschen zugänglich, nicht durch Vernunft."

„Sie streiten also schon seit Jahren darüber, ob die Welt einen Anfang hat oder nicht?"

„Und das mit einem Eifer, der mich einerseits amüsiert und andererseits erschaudern lässt. Es ist amüsant zu sehen, dass es nur vordergründig um diese und andere theologischen Fragen geht. Im Grunde geht es immer um Eitelkeiten, darum Recht zu haben, um politische Vorteile. Auf der einen Seite hetzen die Weltkleriker, also die reichen Bischöfe, die keinem Orden angehören, aber auch die reichen Orden, grundsätzlich gegen Aristoteles und die Anerkennung seiner Schriften. Sie beharren darauf, dass die Bibel keine heidnischen Schriften benötige, um ihre Wahrheit zu beweisen. Die Bibel ist die einzige Wahrheit und alle Argumente finden sich in ihr selbst. Es bedarf im Grunde keiner Beweisführung. Der Glaube ist jeder heidnischen Schrift überlegen. Aristoteles ist ein Heide und wer seine Schriften liest, wird von ihnen als Ketzer diffamiert.

Auf der anderen Seite sind die Bettelorden, die sich für die Anerkennung der griechischen Philosophen einsetzen. Allen voran dieser ungewöhnliche Dominikaner Thomas von Aquin. Er sieht die Vernunft als notwendige Vorstufe des Glaubens an. Gott hat den Menschen die Vernunft gegeben, damit sie nicht nur an ihn glauben, sondern sein Werk auch verstehen können."

„Ja, ich würde auch sehr gerne Gottes Werk verstehen. Es fällt mir oft schwer, einfach nur zu glauben", seufzte ich aus tiefstem Herzen. Wie gerne hätte ich verstanden, warum Gott mich so sehr prüfte.

„Deshalb haben diese Bettelorden ja so großen Anklang bei den einfachen Menschen. Sie leben asketisch und predigen den Menschen in einer Sprache, die sie verstehen. Sie predigen nicht nur Wasser, sie trinken es auch."

„Und das gefällt den weltlichen Klerikern gar nicht. Ich verstehe. Sie streiten vordergründig um theologische Fragen, aber im Grunde geht es um die Sicherung ihrer Pfründe und weltlichen Privilegien. Sollten die, die Armut nicht nur predigen sondern auch leben, Recht haben, wäre ihr bequemes Leben in Gefahr. Letztlich geht es ihnen um den Machterhalt, nicht um die Wahrheit."

„Nun, aus ihrer Sicht ist es ja die Wahrheit. Aus ihrer Sicht ist die bestehende Ordnung von Gott gewollt und eine Änderung widerspreche dem und kann nicht von Gott gewollt sein. Was wirklich amüsiert, ist, dass auch die Bettelorden unterschiedlicher Meinung sind und sich in einigen Fragen aufs Heftigste bekämpfen. Der Franziskaner Bonaventura beispielsweise vertritt die Auffassung, dass allein aus der Vernunft bewiesen werden kann, dass die Welt einen Anfang hat. Damit widerspricht er explizit dem Dominikaner Thomas von Aquin. Dieser Streit zwischen den Bettelorden ist natürlich den Weltklerikern mehr als willkommen, um diesen Heiden Aristoteles als widersprüchlich und unglaubwürdig zu entlarven. Und so streiten diese gelehrten Magister hin und her, ohne je zu einem Ergebnis zu kommen."

„Und das amüsiert Euch?" Der Humor meines Onkels war manchmal schwer zu verstehen.

„Es gleicht fast einer Komödie. Ich wünschte Du hättest dabei sein können, um zu verstehen. Wenn man die ganzen gelehrten Sätze und Zitate weglässt und nur das Gebaren und die Stimmlage betrachtet, dann erkennt man die Tragödie der einzelnen, wenn sie darum kämpfen Recht zu haben, den jeweils anderen zu diffamieren, bloß zu stellen, ja ihn gar zu vernichten, als Ketzer und Häretiker auf den Scheiterhaufen zu stellen. Sie alle tun das mit einer Inbrunst, als ob unser aller Leben davon abhängen würde. Nur dieser Bruder Thomas bleibt stets gelassen. Wurden seine Gegner auch noch so polemisch oder gar beleidigend, er argumentierte fortwährend ruhig und sachlich. Das hat manche erst recht in Rage gebracht, zumal dieser Thomas stets die besseren Argumente hatte. Er konnte aus dem Gedächtnis alles zitieren, was er je gelesen hat und alle Versuche scheiterten, ihm auch nur einen kleinen Fehler nachzuweisen. Ich erinnere mich an eine Sitzung, als junge Studenten aus einem gegnerischen

Lager eifrig in den von ihnen mitgebrachten Schriften nach den Zitaten suchten, die Thomas oft beiläufig erwähnte. Sie fanden sie und mussten zugeben, dass Thomas richtig zitiert hatte. Die Wut und der Zorn in den Gesichtern seiner Gegner war köstlich und ich hoffte die ganze Zeit, sie würden ihm eines dieser Bücher an den Kopf werfen, doch diesen Gefallen taten sie mir nicht. Thomas tat mir fast leid. Zuweilen hatte ich den Eindruck er bedauert, keinen ihm ebenbürtigen Gegner zu haben."

„Warum habt Ihr Euch nicht eingemischt?" Ich wusste, wie sehr er einen guten Disput schätzte und auch immer enttäuscht war, wenn seine Gegner zu früh aufgaben.

„Nun, das wollte ich wirklich nicht, denn diese Kleriker diskutieren und leben in einer Welt, die mit der Welt, aus der wir beide kommen, nicht viel gemein hat. Ich bin nicht belesen genug, um innerhalb ihres Systems argumentieren zu können. Aber…"

„Aber…?"

„Naja, ich konnte meine Gedanken nicht für mich behalten und habe dummerweise einem jungen Studenten, der neben mir stand etwas zugeraunt. Leider hatte dieser Student keinerlei Sinn für Humor und nannte mich so laut einen Frevler, dass ich die Aufmerksamkeit des gesamten Auditoriums auf mich zog. Daraufhin wurde ich gebeten, meine Äußerungen laut zu wiederholen."

„Spannt mich nicht so auf die Folter, lieber Onkel, was habt Ihr gesagt?"

„Ich sagte, dass es einem Bauern, der Hunger leidet, egal ist, ob die Welt einen Anfang hat oder nicht. Im Angesicht des Todes ist ihm wahrscheinlich höchstens bewusst, dass sein eigener Anfang bald ein Ende haben wird."

„Was ist daran falsch?" fragte ich damals noch unwissend um diese theologischen Feinheiten. Aber auch heute, nach all den Jahren und Erfahrungen, glaube ich, nein – weiß ich, dass dieses Infragestellen mehr als gerechtfertigt ist.

„In der Zurückweisung dieser These waren sich plötzlich alle einig. Du kannst Dir nicht vorstellen, wie diese ehrwürdigen Gelehrten mit Worten über mich herfielen. Wer so ungebildete Aussagen mache, solle sofort der Universität verwiesen werden, wer ich sei, mir eine solche Anmaßung zu erlauben, das sei Ketzerei und man solle mich der Inquisition übergeben. Für einen Augenblick fürchtete ich wirklich um mein Leben, denn die jungen Studenten umringten mich, damit ich nicht fliehen konnte." In seinem Gesicht konnte ich noch etwas von der Angst jener Augenblicke erkennen. „Als Thomas von Aquin seine Stimme erhob, schwiegen alle. Er erkannte mich und stellte mich als Abt des ehrwürdigen Benediktinerklosters Montecassino vor. Ein Murmeln regte sich angesichts meiner doch nicht ganz unbedeutenden Position. Er lächelte mich freundlich an und sagte laut und deutlich: ‚Ihr sorgt Euch offensichtlich um alle Seelen, die Euch anheim gestellt wurden, nicht nur um die Brüder Eurer Abtei, sondern auch um die Bauern der dazugehörigen Ländereien. Das ist gottgefällig und findet sicher auch die Anerkennung aller Anwesenden hier im Raum.' Damit nickte er in die Runde und alle nickten zustimmend. ‚Da Ihr ein geistlicher Herrscher seid und das gesamte Wohl der Euch anvertrauten Menschen anstrebt, ist Euch vielleicht der Unterschied, über den wir hier diskutieren, nicht bewusst. Uns als katholische Kirche hat Gott die Aufgabe gegeben, für das Seelenheil der Gläubigen zu sorgen. Das ist auch die Aufgabe, die Ihr als Abt zu erfüllen habt. Als Vorsteher einer Abtei habt Ihr aber auch weltliche Aufgaben zu erfüllen. Eine davon ist es, für das leibliche Wohl der euch anvertrauten Menschen zu sorgen. Es ist also Eure *weltliche* Pflicht dafür zu sorgen, dass Eure Bauern keinen Hunger leiden, dann fällt es Euch auch leichter, Eure *geistliche* Pflicht zu erfüllen. Wenn diese Bauern auch niemals Gottes Wahrheit verstehen werden, so sind sie doch auf das ewige Heil im Jenseits gut vorbereitet, wenn sie an das glauben, was die Heilige katholische Kirche ihnen vorgibt."

„Er hat Euch aus Eurer misslichen Lage gerettet."

„Wohl wahr. So amüsant ich das Treiben dieser verblendeten Gelehrten auch fand, so beängstigend war es, ihnen ausgeliefert zu sein." Giovanni schüttelte den Kopf. „Wer nicht für sie ist, ist gegen sie und da kennen sie keine Gnade."

„Bei allem Respekt für diese gelehrten Herren, aber ich finde sie machen es sich leicht, wenn sie sich allein für das Seelenheil der Menschen verantwortlich fühlen und Euch und den weltlichen Herrschern alles andere überlassen", ließ ich meinen Gedanken freien Lauf.

„Das sehe ich genauso. Als Abt habe ich nun beide Aufgaben zu erfüllen und ich bin mir nicht sicher, welche der beiden dringlicher ist. Zumal ich nun auch noch vor der bisher ungelösten Frage stehe, ob allein aus der Vernunft heraus bewiesen werden kann, ob die Welt einen Anfang hat oder nicht. Was soll ich meinen Schäfchen denn nun sagen? Wie kann ich da sicher für ihr Seelenheil sorgen?" Er zwinkert mir zu.

„Ja, lieber Onkel, da hat Euch der Besuch in Paris bei diesem Thomas von Aquin nichts als ungelöste Fragen beschert, die Ihr Euch vorher überhaupt nicht gestellt habt." Wir mussten beide lachen.

„Es tut gut mit Dir darüber zu sprechen, liebe Enrica. an Dir ist ein wahrer Philosoph verloren gegangen. In Paris, unter all diesen Gelehrten, dachte ich manchmal, ich sei in einem Irrenhaus, so verrückt schienen mir ihre Vorstellungen von der Welt und wie sie ihrer Meinung nach sein sollte, aber ganz und gar nicht ist."

„Nein, die Welt ist wahrlich nicht so, wie wir sie uns wünschen", sagte ich verzagter, als ich wollte.

„Höre ich da einen Schmerz aus Deinen Worten?" Giovanni sah mich ernst und durchdringend an.

„Ach, liebster Onkel, das ist nun vorbei. Gott der Herr hat meine Gebete erhört und mir eine Frucht in meinem Leib geschenkt. Bald werde ich Mutter sein und dann wird alles gut."

„Ist denn nicht alles gut?" fragte er noch immer besorgt.

Ich wollte ihm nicht von meinen Problemen erzählen und zeigte ihm stattdessen meine Aufschriebe und Zeichnungen, die ich über die Kräuter in meinem Garten angefertigt hatte. Giovanni ließ sich ablenken und bewunderte meine Zeichenkunst.

Lorenzo stürmte herein. Er war angetrunken. Als er Giovanni erblickte schrie er los: „Du verdammter Mönch bist schuld, dass mein Weib kein Weib ist, wie es Gott gefällt. Du hast sie verdorben. Du hast ihr Lesen und Schreiben beigebracht..." Er nahm meine Zeichnungen und Aufschriebe, zerriss sie und schleuderte sie ins Feuer.

„Es war Gottes Wille..." versuchte Giovanni Lorenzo zu beruhigen.

„Schweig! Das ist Gottes Strafe: Ein unfruchtbares Weib! Aber ich werde ihr schon den Teufel austreiben!"

Lorenzo packte Giovanni am Hals als wollte er ihn erwürgen.

„Nein, Lorenzo, versündigt Euch nicht!" schrie ich. Er ließ von Giovanni ab und schlug stattdessen mir ins Gesicht. Ich fiel hin. Giovanni wollte mir zur Hilfe kommen, aber Lorenzo schlug nun auch ihn nieder und zog ihn an seiner Kutte aus dem Zimmer. Dann verschloss er die Tür von innen und zerrte mich auf das Bett.

„Nein, nicht, ich bin..." schrie ich.

„Halt Dein verfluchtes Maul, Du Hexe!" wieder schlug er zu. Für einen Augenblick verlor ich die Besinnung. Als ich wieder zu mir kam, war er keuchend über mir. Dann spürte ich die Wärme, die meinem Schoß entwich und wünschte, ich würde wieder in Ohnmacht fallen und nie mehr aufwachen. Als er fertig war und sich anziehen wollte, sah er das Blut auf seinen Lenden. Entsetzt starrte er mich an.

„Du Hexe hast mich besudelt! Du willst mich meiner Manneskraft berauben!"

„Nein, ich bin keine Hexe. Ihr seid der Teufel! Ihr habt die Frucht in meinem Leib zerstört. Ihr habt Euer eigenes Kind getötet"!

Das Blut floss in Strömen aus meinem Schoß, das ganze Laken färbte sich tief rot. Ein unerträglicher Schmerz durchfuhr mich und schenkte mir eine tiefe Bewusstlosigkeit.

„Wohltat erweckt jene wieder zum Leben, die seelisch tot sind."

Thomas von Aquin

Dieses Blut war der Beweis meiner Fruchtbarkeit. Es floss in Strömen und raubte mir meine ganze Kraft, aber es war trotz allem die Hoffnung auf eine Zukunft als Mutter.

Lorenzo tobte, er wollte mich verstoßen, ja gar als Hexe der Inquisition übergeben. Gineva konnte ihn beschwichtigen, konnte ihn davon überzeugen, dass er bald Vater eines legitimen Erben sein würde, wenn er sich an einfache Regeln hielte. Sie erzählte ihm von den fruchtbaren Tagen einer Frau und dass er mich nur in dieser Zeit aufsuchen brauchte. Wenn er mir genug Ruhe gönnen würde, wäre ich schon bald wieder schwanger. Sie würde schon dafür sorgen. Er droht auch ihr mit der Inquisition, falls sie ihn betrügen würde, ließ sich aber darauf ein.

„Für Euch wäre es besser, wenn Ihr mehr Zeit zur Erholung hättet, aber Euer Gatte will bald ins Heilige Land aufbrechen und, wenn er mit der Gewissheit Eurer Schwangerschaft gehen könnte, wäre es für uns alle ein Segen", sagte sie mit großem Bedauern.

Gineva blieb bei mir und sorgte dafür, dass ich schnell wieder zu Kräften kam. Lorenzo beschränkte sich tatsächlich auf die Zeit, die Gineva ihm zugestand und schon der nächste Zyklus blieb aus. Ich war wieder schwanger! Aber es ging mir elendig schlecht. Mein ganzer Körper schien sich gegen dieses Kind zu wehren. Gineva tat ihr Bestes, doch nichts schien zu helfen. Die ersten drei Monate seien die schwierigsten, dann würde es besser werden. Die musste ich überstehen. Irgendwie. Nun rächte sich, dass ich zu schnell wieder ein Kind empfangen hatte, dass ich meinem Körper nicht genug Zeit zur Erholung gelassen hatte.

Lorenzo war zufrieden. Es war sogar für ihn ersichtlich, dass ich ein Kind erwartete. Er brach auf, nicht ohne Gineva noch einmal zu drohen, dass sie auf dem Scheiterhaufen landen würde, wäre bei seiner Heimkehr kein gesunder Stammhalter auf seiner Burg.

Ich verlor auch dieses Kind. Und dabei fast mein Leben. Aber eben nur fast. Gott der Herr nahm mich nicht zu sich, ihm gefiel es, mich noch weiteren Prüfungen zu unterziehen. Damals wünschte ich mir nichts so sehr wie den Tod. Meine Hoffnung auf eine Zukunft war mit dem Verlust dieses zweiten Kindes erloschen. Wie sollte ich nur weiter leben? Was würde werden, wenn Lorenzo zurück käme? Völlig entkräftet durch den weiteren Blutverlust und tief versunken in Selbstmitleid dämmerte ich wochenlang vor mich hin. Ginevas Worte konnten mich nicht trösten. Ihre Heilkunst schien bei mir zu versagen. Ich wollte nicht mehr leben, aber der Tod kam und kam nicht.

Dafür kamen die Menschen aus dem Dorf, stürmten gegen das Burgtor und verlangten Einlass. Sie hatten Hunger. Lorenzo hatte vor seinem Abzug alles aus seinen Dörfern herausgepresst, was da war, hatte alle kriegsfähigen Männer mitgenommen und natürlich jedes verfügbare Pferd. Die Frauen versuchten, ihre Kinder und die alten und kranken Männer zu versorgen, doch Lorenzo hatte selbst das Saatgut mitgenommen, sodass keine neue Ernte zu erwarten war. Inzwischen waren auch die letzten, heimlich versteckten Vorräte aufgezehrt und ihre letzte Hoffnung war die Burg. Der Herr wird wohl kaum seine schwangere Frau ohne Vorräte zurück gelassen haben.

Dieser Lärm ließ mich erwachen. Zum ersten Mal seit Wochen nahm ich wieder wahr, was um mich herum geschah. Die Burg war wie ausgestorben. Lorenzo hatte alle jungen kräftigen Männer mitgenommen, selbst den Koch. Gineva leitete inzwischen den Haushalt und versuchte mit den verbliebenen Bediensteten die Burg zu verteidigen. Als ich nach draußen kam, sahen mich alle erschrocken an. In meinem weißen Nachthemd, mager und blass, muss ich ausgesehen haben wie ein Geist. Gineva wollte mich wieder ins Bett schicken, doch ich wollte wissen was los ist.

Die Burg hatte tatsächlich noch Vorräte, wenn auch nicht sehr viele, und auch nicht genug für alle, aber es gab welche. Das war für mich das Wichtigste. Ungeachtet meiner Kleidung stieg ich auf den Wehrgang und zeigte mich den hungernden Menschen. Als sie mich sahen ging ein Raunen durch die Menge, dann wurde es ganz still. Auch sie hielten mich wohl für einen Geist. Doch meine Stimme war überraschend kräftig: „Hört mich an! Euer Herr hat auch mir nur sehr wenige Vorräte dagelassen. Wie ihr seht, war ich lange krank und konnte meine Aufgaben nicht erfüllen. Das werde ich nun wieder tun. Ich werde meine Vorräte mit Euch teilen,…

Ein Jubel erhob sich unter den Frauen.

„…aber gebt mir etwas Zeit, damit ich eine gute Lösung finden kann."

„Wir haben keine Zeit. Unser Kinder weinen vor Hunger!" rief eine der Frauen.

„Dann komm Du zu mir und hilf mir bei der gerechten Verteilung", rief ich zurück.

„Wir wollen alle in die Burg!" rief eine andere und schnell hatte sich die Menge wieder gefährlich nahe auf das geschlossene Burgtor zu bewegt.

„Nur eine!" rief ich, „Ihr habt mein Wort, ich werde gerecht sein! Bestimmt eine aus Eurer Mitte, ihr werde ich das Tor öffnen, aber ich will auch Euer Wort, dass ihr friedlich bleibt."

Ein Murmeln ging durch die Menge und dann trat eine Frau hervor und rief: „Wir geben Euch unser Wort friedlich zu bleiben, wenn Ihr selbst das Tor öffnet."

„Gut, ich werde Dich an der Seitentüre hereinlassen."
Und so ging ich in meinem Nachthemd an die Seitentür und öffnete sie. Bei meinem Anblick wichen die Frauen zurück. Nur ihre Sprecherin Anna blieb stehen und sagte: „Ihr müsst noch Schlimmeres durchgemacht haben, als man sich im Dorf hier unten erzählt."

„So, was erzählt man sich denn?" fragte ich mit einem schwachen Lächeln, „Aber komm erst einmal herein." Damit schloss ich die Türe schnell wieder, bevor der Hunger die Überraschung besiegte.

Rosa hatte mir inzwischen einen Mantel gebracht, damit ich mich nicht erkältete. Gemeinsam mit Anna gingen wir in die Vorratskammer und zählten was da war. Selbst Anna erkannte sofort, dass diese nicht lange reichen würden, so viele Menschen zu versorgen.

„Ich werde einen Boten zu meiner Familie schicken, damit sie uns helfen", sagte ich entschlossen.

Gineva sah mich an: „Wir haben keine Boten mehr."

„Aber wir haben doch Pferde?" wollte ich wissen.

„Zwei alte Klappergäule, die kaum ein Fuhrwerk ziehen können."

Wie sollte man da schnell Hilfe holen können? Für einen Moment wurde mir schwindelig und ich musste mich setzten. Erst jetzt spürte ich wieder die Schwäche der letzten Wochen.

„Wir brauchen Hilfe von außen und je schneller umso besser. Meine Familie wird uns sicher über den Sommer bringen, aber wir brauchen langfristige Hilfe. Mein Onkel Giovanni könnte das leisten. Wenn man ihm einen Brief von mir bringen könnte, dann wäre unsere Zukunft gesichert."

„Schreibt den Brief, Baronessa, dann werde ich dafür sorgen, dass Euer Onkel ihn bald erhält", mischte sich Anna ein. Ich war überrascht und wollte schon fragen, wie sie das denn bewerkstelligen wollte, doch ich schwieg, ließ ihr ihr Geheimnis und nickte nur. Später erfuhr ich, dass sie ihren zweiten Sohn samt Pferd in einer Höhle im Wald versteckt hatte. Lorenzo, der sich nie für seine Bauern interessierte, bemerkte es nicht. Dieser Junge war unsere Rettung. Er brachte erst eine Nachricht an meinen Bruder, der uns tatsächlich schnell mit dem Nötigsten versorgte und dann den Brief an Giovanni, der uns nicht nur Vorräte für den Winter und neues Saatgut schickte, sondern gleich noch einen jungen Mann, den er zum Verwalter ausgebildete hatte, und der sein Können bei uns unter Beweis stellen sollte.

In Anna fand ich eine vernünftige Verbündete. Sie teilte Ginevas und meine Ansicht, dass es sinnvoll war, die Vorräte so lange zu rationieren, bis tatsächlich Hilfe eingetroffen war. Um aber zu zeigen, dass ich mein Wort halten würde, wurde das letzte verbliebene Fuhrwerk mit allem beladen, was die größte Not der Menschen lindern sollte. Damit fuhr Anna aus der Burg und wurde als Heldin gefeiert.

Der Hunger war noch nicht besiegt, aber die Menschen hatte wieder Hoffnung und Vertrauen. Mit diesem Vertrauen kamen wir gemeinsam durch die nächsten mageren Wochen. Ich erholte mich schneller, als zu erwarten gewesen wäre. Ich wurde gebraucht, ich hatte eine Aufgabe, das war es, was mir das Leben wieder lebenswert machte. In dieser Zeit musste ich aber auch schwere Verluste hinnehmen. Mit der Hilfe von meinem Bruder kam auch die Nachricht, dass mein Vater inzwischen gestorben war. Man hatte mir schon vorher einen Brief geschickt, doch ich hatte nie geantwortet und man hatte sich auch gewundert, warum ich nicht zu seiner Beerdigung gekommen sei.

Lorenzo muss diesen Brief abgefangen und vernichtet haben.

Meine anderen Brüder hatten sich ebenfalls dem Kreuzzug angeschlossen und mein ältester Bruder war alleine zurück geblieben.

Meine Amme verstarb in meinen Armen. Sie war schon lange gebrechlich gewesen, doch in meiner

Selbstbezogenheit und verzweifelten Hoffnung auf ein Kind, hatte ich ihr Dahinsiechen nicht bemerkt. Erst als sie tot war, als wir die Erde auf ihren Sarg schaufelten, da wurde mir der Verlust bewusst, da erkannte ich, dass ich mit ihr meine Kindheit endgültig begraben musste.

Onkel Giovanni schickte mit Luca, dem jungen Verwalter auch einen Brief, in dem er sich entschuldigte für seine überstürzte Abreise nach dem Zwischenfall mit Lorenzo. Lorenzo habe ihm mit dem Tod gedroht, sollte er nicht sofort mit Sack und Pack verschwinden. Giovanni wollte nicht, doch Gineva habe ihm versichert, dass es für mich das Beste wäre, wenn er gehen würde. Er hätte mir sofort und immer wieder geschrieben, doch ich hätte nie geantwortet. Umso glücklicher war er nun von mir zu hören, wenn auch keine guten Nachrichten. Sobald es seine Zeit erlaube, würde er mich wieder besuchen, nun, da Lorenzo ja im Heiligen Land weile.

Luca, mein neuer Verwalter, war kaum älter als ich und von einem Eifer beseelt alles und sofort richtig zu machen, dass ich gar nicht wusste, wie mir geschah. Er hatte ein Schreiben meines Onkels bei sich, das ihm überall Tür und Tor öffnete. Er bereiste sogleich die umliegenden Klöster und brachte so viele Helfer mit, dass wir noch das Winterkorn in die Erde bringen konnten. Er besorgte Pferde, Schafe, Milchkühe und Hühner, damit die Frauen sich wieder selbst versorgen konnten. Er füllte auch die Speicher und Vorratskammern der Burg. Der Winter konnte kommen.

Jener Winter war lang und sehr kalt und doch war er vielleicht einer der glücklichsten in meinem Leben. Luca war ein so kluger junger Mann. Um Holz zu sparen schlug er vor, die großen Räume zu meiden und nur die Räume rund um die Küche zu nutzen. Mit Freuden gab ich meine Kemenate auf und bezog eine kleine Kammer neben der von Gineva und Rosa. Luca hatte seine Kammer auf der anderen Seite der Küche. Die Küche war der Mittelpunkt, dort trafen wir uns nicht nur zum Essen, dort verbrachten wir die langen Winterabende mit so viel glücklicher Geselligkeit, wie ich sie nie mehr in meinem Leben fand.

Gineva hatte schon als kleines Kind die Wiesen und Wälder durchstreift um Kräuter für ihre Mutter zu finden. Das Wissen um die Heilkraft der Kräuter war über viele Generationen immer von Mutter zu den Töchtern weiter gegeben worden. Das war nichts Besonderes. Es war eben so. Viele Frauen im Dorf kannten sich mit Heilkräutern aus. Gineva wurde verheiratet, wie es üblich war. Ihr Mann war kein schlechter Mann, er schätzte ihre Arbeitskraft und da sie ihm nur Söhne schenkte, war er sogar stolz auf sie. Schon Lorenzos Vater war hart und grausam gewesen und brauchte ständig neue Soldaten für die Fehden, die er mit seinen Nachbarn führte. Und so verlor Gineva erst ihren Mann und dann all ihre Söhne an den Krieg. Ihr Ältester Sohn hatte eine Braut, doch zur Hochzeit kam es nicht mehr. Das Mädchen war aber bereits schwanger. Gineva nahm sie als Schwiegertochter bei sich auf, leider starb sie bei der Geburt von Rosa. So war ihr nur ihre Enkelin geblieben, die sie wie ihren Augapfel hütete.

Luca saß im Karzer des Klosters Montecassino, als mein Onkel Giovanni dort zum Abt gewählt wurde. Giovanni wollte ein Zeichen seiner Güte setzen und ließ Luca zu sich bringen. Luca musste warten und um sich die Zeit zu vertreiben stöberte er in den Papieren, die auf dem Schreibtisch des Abtes lagen. Giovanni ertappte ihn dabei, doch anstatt ihn sofort zurück in den Karzer zu schicken fragte er freundlich: „Du kannst lesen?"

„Ja, und rechnen und ich habe gleich gesehen, dass diese Abrechnungen nicht stimmen", antwortete Luca frech.

Giovanni lachte. „Dann bist Du die Hilfe, um die ich den Herrn gebeten habe. Sei willkommen!"

Luca war noch zu jung um als Verwalter dieses großen und mächtigen Klosters zu fungieren und

Giovanni wollte auch den bisherigen Verwalter nicht seines Amtes entheben. Aber dass etwas mit den Abrechnungen nicht stimmte, war auch ihm aufgefallen. Luca war das, was Giovanni brauchte: einen Verbündeten, der sich im Kloster gut auskannte, der ihm die Strukturen und Verflechtungen innerhalb dieser verschworenen Gemeinschaft erklärte, sodass der neue Abt möglichst viele Fettnäpfchen umgehen konnte. Und Giovanni wurde das, was Luca sich immer ersehnt hatte: ein väterlicher Freund.

Luca war im Kloster aufgewachsen. Vermutlich war er der Bastard einer wohlhabenden Familie, denn man hatte dem Kloster einen ansehnlichen Betrag übergeben, damit für seine Ausbildung gesorgt wurde. Aber Luca hatte immer Probleme mit der Disziplin, er konnte sich nie an den starr geregelten Tagesablauf der Mönche gewöhnen, weshalb er einen Großteil seines Lebens im Karzer verbringen musste. Da Luca noch nicht die heiligen Weihen empfangen hatte und Giovanni wohl ahnte, dass dieses junge Ungestüm nicht für ein Leben hinter Klostermauern gemacht war, entband er ihn von dieser Pflicht. Die Mönche murrten, aber da er sonst keine Veränderungen im Kloster vornahm (mit Ausnahme der Erweiterung der Bibliothek um die Werke des abtrünnigen Thomas), kehrte bald wieder Ruhe ein. Mit der Zeit stimmten auch wieder die Abrechnungen des Verwalters.

An jenen Winterabenden lernten wir viel voneinander. Gineva teilte ihr Wissen nicht nur mit Rosa. Ich schrieb alles auf und zeichnete wieder. Luca schrieb auch mit, aber das Zeichnen lag ihm gar nicht. Also zeichnete ich für zwei. Rosa interessierte sich sehr für unsere Aufschriebe und ich wollte ihr sogleich auch das Lesen und Schreiben beibringen. Es fiel ihr schwer. Gegen Ende des Winters konnte sie zwar alle Buchstaben erkennen, aber nur stockend lesen. Auch das Schreiben machte ihr keine Freude. Was mir so leicht ist, so selbstverständlich, das blieb Rosa immer fremd. Dafür musste ich lernen, dass mir weder das Kochen noch das Nähen leicht fiel, was Rosa wiederum mit einer Leichtigkeit machte, die ich nie erreichte und sie wusste alles über die Heilkräuter, auch ohne meine Aufschriebe.

Meine Amme hatte nicht nur eine Truhe voll Kleider hinterlassen, sondern auch ein paar Ballen Stoff. Daraus nähten Rosa und Gineva sich neue Kleider. Erst mit diesen neuen Kleidern erkannte ich Rosas wirkliche Schönheit. Sie war kein Kind mehr, sie war eine wunderschöne, anmutige junge Frau. Tagsüber, zur Arbeit und vor allem, wenn sie ins Dorf ging, trug sie ihre alten, abgetragenen Kleider. Ich erkannte erst jetzt, dass diese Kleider ein Schutz waren. Mit diesen alten Kleidern versteckte sie bewusst ihre Fraulichkeit, konnte sie sich fast unsichtbar machen. Sie wollte keine Blicke auf sich ziehen, keine Begehrlichkeiten der Männer wecken. Aber abends, wenn wir zusammen in der Küche saßen und sangen und lachten, dann trug sie diese Kleider, die ihre Schönheit unterstrichen. Luca kannte viele Lieder, die er uns beibrachte, natürlich nur in lateinischer Sprache und manchmal, wenn ihn der Übermut ritt, veränderte er die Texte so, dass wir vor Lachen kaum weiter singen konnten.

„Das Wissen, welches aufbläht, ist nicht rein, ist nicht das wahre Wissen; mit ihm sind viele Irrtümer verbunden, was der Lohn des Stolzes zu sein pflegt."

Thomas von Aquin

Thomas von Aquin war auf dem Weg nach Neapel. Mein Onkel Giovanni reiste ihm entgegen, denn er hoffte noch immer auf einen regen Gedankenaustausch mit diesem ungewöhnlichen Denker. Giovanni besuchte mich, kam aber dieses Mal nicht alleine. Michele, sein Privatsekretär war bei ihm. Sie wollten ein paar Tage bei mir bleiben und dann weiter reisen. Leider wurde Michele krank und musste das Bett hüten. Aus einer Laune heraus sagte ich zu meinem Onkel: „Am liebsten würde ich mit Euch reisen, um zu verstehen, was an diesem Mönch so ungewöhnlich ist."

„Ja, liebste Nichte, auch ich würde dich am liebsten mitnehmen, dann wäre mein Vergnügen doppelt so hoch, denn wir könnten uns hinterher noch lange darüber unterhalten." Giovanni seufzte.

Er sah mich eine Weile an, dann sagte er plötzlich vergnügt: „Warum eigentlich nicht? Du bist noch immer mager wie ein Stock, unter einer Kutte gehst Du glatt als Mönch durch, deine Haare verstecken wir unter einem Verband. Wir sagen einfach Du hättest dich erst neulich am Kopf verletzt. Und niemand wird wagen an dem Neffen des Abtes von Montecassino zu zweifeln. Wie gefällt Dir das, lieber Neffe Enrico?"

Das gefiel mir sehr gut. Endlich, nach einer unendlich langen Zeit, konnte ich diese Mauern verlassen, die wie ein Gefängnis für mich waren. Und endlich war ich einmal glücklich über meine dünnen Haare, denn sie ließen sich problemlos unter einem einfachen Verband verbergen.

Erst als wir schon unterwegs waren fiel mir ein, dass meine Stimme vielleicht zu weiblich war. Doch Giovanni beruhigte mich, es gab viele junge Novizen, die eher einem

Mädchen glichen. Außerdem wäre es sowieso angebracht möglichst nur zuzuhören, wenn ein berühmter Abt und ein berühmter Magister sich unterhielten.

Wir trafen den berühmten Magister und seinen Privatsekretär Reginald in der Bibliothek eines nahe gelegenen Dominikaner Klosters. Reginald begrüßte Giovanni sehr freundlich. Als Giovanni mich als seinen Neffen vorstellte, huschte ein verächtliches Lächeln über Reginalds Gesicht. Thomas stand mit dem Rücken zu uns vor einem offenen Schrank und suchte offenbar nach einem Buch, nach einer Übersetzung des berühmten Aristoteles, wie Reginald uns erklärte. Ein Blatt fiel herunter, ich lief hin und hob es auf.

„Oh, das berühmte Gedicht des Aristoteles an seinen Freund Hermias", rutschte mir heraus, als ich den Titel las.

Thomas ging einen Schritt von mir weg und sagte zu Reginald: „Gott bewahre mich vor jemand, der nur ein Büchlein gelesen hat." Doch dann stutzte er, sah auf das Blatt in meiner Hand, sah, dass es in einer anderen Sprache geschrieben war, sah mich an und fragte: Ihr könnt Griechisch?"

Ich nickte nur. Ich wollte auf keinen Fall ein weiteres Wort sagen.

„Wo habt Ihr es gelernt?" fragte er erneut.

Mit gesenktem Kopf blickte ich zu Giovanni, der besorgt auf Thomas sah.

Thomas betrachtete nun auch Giovanni mit ganz anderen Augen. Plötzlich schien er Interesse an dem aufdringlichen Abt aus Montecassino zu entwickeln.

Er überragte uns alle, dieser Thomas von Aquin. Einst, als er in Köln bei Albertus Magnus studierte, nannten ihn seine Kommilitonen „stummer Ochse". Nicht weil er dumm, sondern weil er groß und kräftig wie ein Ochse war, aber kaum etwas sagte. Albertus Magnus prophezeite bereits damals, dass die Lehre dieses stummen

Ochsen einst ein solches Brüllen von sich geben werde, dass es in der ganzen Welt ertönt. Ja, er war sehr groß und - für einen Bettelmönch - gut beleibt. Aber er brüllte nicht. Nein, seine Stimme war eher leise, als er freundlich auf Giovanni zuging und sagte: „Euch schickt der Himmel. Auf Bitten des Papstes mache ich mich gerade mit den Akten der griechischen Kirchenkonzilien vertraut, doch ich bin des Griechischen nicht mächtig und mein geschätzter Bruder Wilhelm von Moerbeke hat noch nicht alles übersetzt. Darf ich Euch um Eure Hilfe bitten?"

Giovanni war hocherfreut: „Was immer ich für Euch tun kann, verehrter Magister, werde ich tun."

„Kommt mit mir nach Neapel."

„Gott weiß, dass dies mein größter Wunsch wäre, doch er hat mir die Bürde des Amtes des Abtes des ehrwürdigen Klosters Monte…"

„Dann lasst mir Euren Neffen hier." Thomas wurde ungeduldig.

Mir wurde ganz schlecht. Auch Giovanni verlor augenblicklich das Lächeln aus seinem Gesicht. „Das geht leider nicht", stammelte er, „seine Ausbildung ist noch nicht abgeschlossen."

„Das kann verschoben werden."

„Nein", sagte ich etwas zu laut und zu verzweifelt.

„Dieser Vorschlag kommt vielleicht etwas zu überraschend für unsere verehrten Gäste", sagte Reginald beschwichtigend zu Thomas, und zu uns gewandt: „Unser verehrter Bruder Thomas ist gerade so vertieft in seine Studien, dass er die alltäglichen Belange von uns einfachen Brüdern oft nicht bedenkt. Vielleicht finden wir eine andere Lösung."

„Wenn der verehrte Magister uns eine Abschrift der Akten mitgeben könnte, dann würde ich persönlich so schnell als möglich eine Übersetzung anfertigen", versuchte Giovanni die Stimmung zu retten.

Thomas schien enttäuscht, wandte sich von uns ab, nahm von dem Brot auf dem Tisch neben sich und stopfte es in sich hinein. Kauend ging er zu einem anderen Bücherschrank.

Eigentlich hätte ich bei meinem Onkel und Reginald stehen bleiben sollen und ich weiß bis heute nicht, was mich damals bewogen hat, diesem beleidigten Ochsen nachzugehen. „Verzeiht mir die schroffe Ablehnung Eurer Einladung", log ich leise und vorsichtig. „Wie Ihr seht, gehöre ich zum Orden der Benediktiner. Mein Onkel erzählte mir, dass auch Ihr einst in Montecassino wart, dann aber die Kutte der Dominikaner gewählt habt. Auch ich habe meine Zweifel und mein Onkel wäre sehr enttäuscht, wenn ich den mir vorgegebenen Weg verließe. Und doch wäre es eine große Ehre für mich, wenn Ihr mir Eure Gründe für den Ordenswechsel erläutern könntet."

Thomas sah mich an und hörte auf zu kauen. Ein gütiges Lächeln umspielte seine sanften Augen, er schluckte den Rest hinunter und erzählte: „Erkenntnis und Anschauung Gottes waren immer mein Wunsch. In der Abgeschiedenheit der Benediktiner von Montecassino habe ich Gott gefunden, doch erst in Neapel fand ich den Weg zur Erkenntnis. Und an dieser Wahrheit sollen alle Menschen teilhaben. Ihr Benediktiner zieht Euch in Eure Klöster zurück, lasst die Menschen mit ihren seelischen Nöten allein. Dominikus predigte den Menschen Gottes Wort in ihrer Sprache, er ging zu ihnen, wie Jesus es tat, er trank Wasser, wie sie und bat um etwas Brot, was die Menschen ihm gerne gaben. Dieses einfache Leben, das Leben der einfachen Menschen, ist auch mein Leben. Ich brauche keine weltlichen Güter."

„Wie wahr", mischte sich Reginald ein, der plötzlich neben uns stand. „Im Jahre unseres Herrn 1268 bot Papst Clemens IV – der Herr sei seiner Seele gnädig – unserem geschätzten Bruder Thomas das Amt des Bischofs von Neapel an."

„Warum habt Ihr es nicht angenommen?" Wollte Giovanni wissen, der Reginald gefolgt war. „Es wäre Eurer Sache mehr als dienlich gewesen."

„Ja, das wäre es sicherlich", antwortete wieder Reginald, „auch innerhalb der Kirche."

„Das Amt eines Bischofs ist mit so vielen weltlichen Aufgaben belastet, es hätte mich an der Anschauung Gottes und der Erkenntnis seiner Wahrheit gehindert", sagte Thomas zu mir gewandt.

„Gott der Herr spricht durch unseren Bruder Thomas zu uns. Seine Wahrheit wird durch Bruder Thomas empfangen und kann so in alle Welt getragen werden. Auf diese Weise dient Thomas unserer Sache mehr, als auf einem Bischofstuhl." Reginald klang, als ob er Thomas, wie ein schwaches Kind, vor Anfeindungen beschützen müsse.

Thomas' Blick blieb auf mich gerichtet. Mir wurde ganz unwohl und ich fürchtete, er hätte an meinem Turban unseren Betrug erkannt. Doch dann schwankte er und Reginald kam gerade noch rechtzeitig, um ihn zu stützen. Giovanni brachte einen Stuhl und ich holte einen Becher Wasser. Mit einem tiefen Seufzer setzte sich dieser große Mann und ließ den Kopf hängen. Ich kniete mich vor ihn hin, um ihm den Becher besser reichen zu können. Wieder sah er mich durchdringend an, nahm das Wasser und trank. Dann richtete er seinen Blick nach oben und blieb so sitzen.

Reginald gab uns Zeichen, leise mit ihm zu kommen. Wir gingen in eine andere Ecke des Raumes und Reginald flüsterte uns zu: „Wir dürfen ihn nicht stören. Gott spricht zu ihm! Wie genau es vor sich geht weiß niemand. Manche glauben, dass Engel ihm einflüstern. Er wird daher auch Doctor angelicus genannt."

Genau so sah es aus. Er saß da, den Blick nach oben, den Kopf leicht zur Seite gebeugt, als ob er jemandem lauschen würde. Manchmal nickte er fast unmerklich mit dem Kopf. Ich war ergriffen davon, Zeuge dieser Eingebung zu sein. Sprach Gott in diesem Augenblick zu ihm? War Gott in diesem Augenblick hier in diesem Raum anwesend? Ich starrte gebannt auf Thomas und hoffte inständig, Gott würde auch mit mir sprechen, mir ein Zeichen seiner Güte geben. Offenbar war ich seiner nicht würdig, waren Giovanni und auch Reginald seiner nicht würdig, denn keiner von uns konnte hören, was Thomas hörte. So warteten wir still und ehrfürchtig auf Thomas' Rückkehr aus den himmlischen Sphären in unsere irdische Welt.

Nach einer scheinbar unendlichen Weile schmatzte Thomas und Reginald ging eilends zu ihm hin. Wir folgten, neugierig zu erfahren, was Thomas nun berichten würde. Doch er sagte nichts. Schaute Giovanni und mich an, als ob er uns das erste Mal gesehen hätte. Reginald bemerkte die Verwirrung und stellte uns ihm noch einmal vor. Dann schien er sich zu erinnern und sagte freundlich zu mir: „Erkenntnis und Anschauung Gottes, junger Freund, das ist der Weg den ich Euch zeigen kann, wenn Ihr Euch für den Orden des heiligen Dominikus entscheidet."

Giovanni sah mich streng an und ich errötete ob meiner Lüge, die nun entdeckt war. Auch Reginald schien nicht erbaut über dieses erneute Angebot und sagte vermittelnd: „Ihr seid erschöpft, verehrter Bruder Thomas, lasst uns morgen darüber sprechen."

„Ihr habt recht, Bruder Reginald", nickte er und zu Giovanni gewandt sagte er: „Es sind die Strapazen der Reise. Der Weg von Paris nach Neapel ist weit. Auch wenn ich bei jedem Schritt Gott und seine herrliche Schöpfung preise, so sind doch meine Kräfte nicht mehr die, die sie einst waren."

Ich hätte ihm am liebsten mein Pferd angeboten, doch dann fiel mir ein, dass es gar nicht mein Pferd war (es gehörte ja Michele und eigentlich nicht mal ihm, sondern seinem Kloster) und dass seine asketische Lebensweise eine bequemere Art des Reisens ablehnt. Er würde jeden Weg, auf den Gott ihn sendet, zu Fuß, auf seinen eigenen zwei Beinen gehen, bis der Herr ihn zu sich ruft.

„Dann solltet Ihr hier einen längeren Aufenthalt nehmen, um Euch vollständig zu erholen", erwiderte

Giovanni freundlich und mir wurde sofort klar, was Giovanni sich damit erhoffte: Mehr Zeit und damit mehr Gelegenheit für einen guten Disput.

Die Glocke läutete und wir mussten uns auf den Weg in die Kapelle machen. Unterwegs zum Stundengebet raunte mir mein Onkel zu, dass ich besser ein Schweigegelübde ablegen solle, solange wir hier wären, dieser Reginald schien misstrauisch zu sein.

Das Lied, das wir während der Messe sangen kannte ich von Luca. Er hatte es mit uns während des langen Winters immer wieder gesungen. Allerdings fiel mir auch seine abgewandelte Version ein und ich musste mich beherrschen, den richtigen Text zu singen und nicht laut heraus zu lachen. Auf dem Rückweg kam Thomas auf uns zu und sagte zu Giovanni: „Wenn Ihr erlaubt, verehrter Abt, werde ich Eurem Neffen morgen eine Stunde meiner Zeit widmen. Er scheint sehr interessiert und es ist mir immer eine besonders große Freude, einem Suchenden die Herrlichkeit Gottes zu zeigen."

Als wir in unserer Kammer waren fragte Giovanni amüsiert: „Was hast Du ihm denn erzählt, dass er Dir die Aufmerksamkeit zu teil werden lässt, auf die ich in Paris vergeblich gehofft habe?"

„Ich wollte wissen, warum er damals zu den Dominikanern ging und dachte, wenn ich ihm sage, dass ich mich auch mit solchen Gedanken trage, wäre er vielleicht eher bereit, darüber zu reden."

„Da hast Du genau ins Schwarze getroffen, mein lieber ‚Neffe', der Missionierungsdrang der Dominikaner ist berüchtigt. Aber ich glaube, dass auch Deine Griechischkenntnisse nicht ganz unbedeutend sind. Ich fürchte, er will Dich morgen überzeugen, mit ihm nach Neapel zu gehen."

„Was mache ich nur? Können wir nicht morgen ganz früh abreisen? Oder wir sagen meine Kopfverletzung zwingt mich, im Bett zu bleiben." Ich fühlte mich elendig.

„Das wäre wohl das Vernünftigste, aber ich fürchte,

ich kann der Versuchung nicht widerstehen. Du hast uns eine einmalige Chance gegeben, die ich nicht ungenutzt verstreichen lassen will. Mir alleine wird er keine Zeit widmen, einen Benediktiner Abt kann man nicht mehr für den dominikanischen Orden gewinnen. Aber er kann mir nicht verbieten, dabei zu sein, wenn er Dir seine Denkweise erklären wird. Lass mich morgen die Fragen stellen und versuch, zu schweigen – so gut es eben geht." Er lachte. „Ich weiß, wie schwer es Dir fallen wird. Ich erinnere mich noch gut, wie wissbegierig Du alles in Dich aufgenommen hast, was Deine Brüder nicht im Geringsten interessierte, wie Du mich mit tausend Fragen gelöchert hast und selten zufrieden warst mit meinen Antworten."

Ja, er hatte Recht. Als Kind wollte ich alles verstehen und es waren schöne Zeiten, wenn Giovanni bei uns war und ich ihn alles fragen konnte. Er versuchte mir alles zu erklären, doch auch er wusste nicht immer eine Antwort. Meine Fragen überforderten ihn oft und er sagte dann immer, dass nur Gott alles wisse und wir uns damit abfinden müssen, seine Geheimnisse nicht alle ergründen zu können. Damit gab ich mich irgendwann zufrieden.

Die Erfahrungen in meiner Ehe ließen mich hadern mit dem Gott, den ich immer als gerecht empfunden habe. Ich wollte verstehen, warum Gott mich so prüfte. Vielleicht würde dieser außergewöhnliche Magister mir einen Weg zeigen, mein Schicksal anzunehmen.

„Ich werde mich zügeln, liebster Onkel, ich verspreche es!"

Er drückte meine Hände liebevoll. „Wir müssen vorsichtig sein. Ich glaube nicht, dass Magister Thomas einen Verdacht hat, aber sein Socius Reginald ist sehr aufmerksam, er wacht eifersüchtig über seinen Schützling und das sollten wir nicht unterschätzen."

„So, nun sollten wir schlafen", sagte Giovanni. „Um zwei Uhr in der Nacht müssen wir zur Matutin. Als Mönch musst Du an allen Gebeten teilnehmen.

Ich schlief lange nicht ein und als Giovanni mich

weckte hatte sich mein Verband vom Kopf gelöst. Auf die Schnelle konnten wir ihn nicht wieder ordentlich anbringen und so ging er alleine. Er sagte, er würde mich entschuldigen, wegen meiner Kopfverletzung. Dankbar legte ich mich wieder hin und schlief endlich tief und fest. Gegen Morgen träumte ich von Thomas. Wir waren alleine in einer kleinen Kammer und er umarmte mich. Es war eine Szene voller Liebe und Wärme und ich wachte mit einem tiefen Gefühl von Vertrauen und Zuversicht auf. Die Begegnung mit Thomas war kein Zufall, es war ein Zeichen Gottes.

Wir warteten in einem Nebenraum des Scriptoriums. Dort lag auf einem Tisch eine Abschrift einer Abhandlung „Über die Herrschaft der Fürsten". Darin äußerte sich Thomas über Politik im Allgemeinen, welche Herrschaftsform die beste wäre, welche Aufgaben die weltlichen Herrscher haben und welche Rolle der Papst in diesem weltlichen Gefüge hat.

„Hier, verehrter Onkel, steht genau beschrieben, was Magister Thomas Euch in Paris zu erläutern versuchte", rief ich quer durch den Raum.

„Hat Euer Onkel Euch davon berichtet?" fragte mich Thomas, der plötzlich hinter mir stand. Ich wurde erneut rot und wünschte ich wäre meinem Onkel nicht wieder von der Seite gegangen.

„Das habe ich", sagte Giovanni, der nun seinerseits unvermittelt hinter Thomas auftauchte.

„Lasst uns Platz nehmen", schlug Reginald vor, der eine Schale voll Brot auf einen freien Tisch stellte. Ein junger Mönch brachte vier Becher und einen Krug mit Wasser, entfernte sich dann aber wieder.

Noch bevor wir richtig saßen fuhr mein Onkel fort: „Und ich habe Eure Ausführungen dazu gelesen. Bruder Reginald war in Paris so freundlich, mir eine Abschrift davon mit zu geben."

„Recht getan, lieber Reginald", lobte Thomas seinen Socius, der seine Freude darüber nicht verbergen konnte.

„Eure Forderung an die weltlichen Herrscher, für Frieden zu sorgen, damit die Menschen ein gottesfürchtiges Leben in Vorbereitung auf das ewige Heil im Jenseits führen können, teile ich voll und ganz. Allein meine Erfahrungen in der Welt sehen leider ganz anders aus. Nicht wenige der weltlichen Herrscher kümmern sich wenig oder gar nicht um das Gemeinwohl, sie verfolgen vornehmlich ihre eigenen Interessen. Das gilt leider auch für viele Äbte und Bischöfe. Ihr geht von einem Herrscher aus, der gütig und gerecht ist, doch schon Augustinus lehrte uns, dass der Mensch ein Sünder ist."

Ich musste an Lorenzo denken. Er verfolgte nur seine eigenen Interessen, alle anderen waren ihm egal.

„Unser seliger Kirchenvater Augustinus sprach von der Erbsünde und in anderer Hinsicht hatte er sicherlich Recht, doch von einem Menschen auszugehen, der von Grund auf schlecht ist, wäre falsch, denn dann wäre Gottes Schöpfung von Grund auf schlecht. Diese Meinung teile ich nicht. Gott hat nur Gutes geschaffen." Thomas sah mich direkt an.

Ich hielt mich zurück. Diese Aussage verwirrte mich zunächst. Ich dachte daran, dass ich als Kind die Welt tatsächlich als durch und durch gut gesehen habe. Mein Vater war ein gerechter Mann gewesen, der von allen Seiten geschätzt wurde. Und doch war er lange in einen Krieg mit Lorenzos Vater verwickelt, der den Menschen viel Leid gebracht hat. Ich wusste durchaus, dass es auch Schlechtes gab, aber es war weit weg gewesen, bei anderen Menschen. Erst mit Lorenzo hatte mich das Schlechte der Welt persönlich getroffen.

Giovanni sagte: „Und doch gibt es das Böse in der Welt."

„Das Böse ist nicht existent. Es ist nur ein Mangel an Gutem."

„Was ist mit Satan, dem Teufel? Hat Gott ihn nicht erschaffen um uns Menschen zu prüfen?

„Wie Ihr wisst, ist Satan ein gefallener Engel. Gott

hat ihn als guten Engel geschaffen."

„Und warum tut er dann Böses?" rutschte es mir schließlich doch heraus.

Thomas sah mich freudig an: „Ja, junger Freund, das ist die richtige Frage: Warum tut er das?"

Hilfe suchend blickte ich zu Giovanni, doch der schaute gespannt auf Thomas.

„Gott hat den Engeln und auch den Menschen einen freien Willen gegeben. Satan hat von Gott alle guten Gaben bekommen, allein er nutzt sie zum Bösen. Es ist Satans' Entscheidung, Böses zu tun. Es liegt nicht in der Verantwortung Gottes, was Satan tut."

Reginald ergänzte: „Wie sonst könnte Gott gerecht sein? Gott erschafft die Menschen mit Gaben und Talenten. Er wünscht, dass sie diese zum Guten einsetzen, aber er überlässt es ihnen, welchen Weg sie gehen. Wer das Böse wählt, den bestraft Gott mit ewiger Verdammnis, wer dagegen den Weg zu Gott wählt, belohnt er mit der Erlösung."

„Der Mensch hat also einen freien Willen." Das war endlich eine Diskussion ganz nach dem Geschmack meines Onkels. „Aber Gott ist doch allmächtig und allwissend. Alles was geschieht, geschieht doch nach seinem Willen. Wie kann er da dem Menschen einen freien Willen geben? Wie kann er da vorhersehen, wie die Menschen sich entscheiden? Und wenn er das tut, dann haben die Menschen nicht wirklich einen freien Willen."

„Das sind ganz schön viele Fragen auf einmal, verehrter Abt, aber es sind genau die Fragen, über die ich lange nachgedacht habe. Und ich antworte: Gott ist außerhalb der Zeit. Wir Menschen sind in der Zeit. Wir können nur erkennen, was ein Stück hinter uns liegt und ein Stück vor uns. Wie auf einer Straße. Gott dagegen sieht alles, wie aus einer Vogelperspektive. Gott erkennt alles, denn sein Verstehen ist in der Ewigkeit, die über der Zeit steht."

Das verwirrte mich endgültig. Auch Giovanni wusste

für den Augenblick nichts mehr zu sagen. Thomas erkannte unsere Ratlosigkeit.

„Das höchste Wissen von Gott, das wir in diesem Leben erlangen können, besteht darin, zu wissen, dass er über allem ist, was wir von ihm denken."

„Dann wird es mir niemals möglich sein, Gott zu verstehen", sagte ich ziemlich resigniert.

„Es gibt Wahrheiten über die Welt, die sich der Vernunfterkenntnis verschließen", sagte Thomas tröstend. „Manches können wir nur über Gottes Offenbarung erkennen. Nehmt die Dreifaltigkeit: *Gott der Vater hat die Schöpfung durch sein Wort, welches der Sohn ist, und durch seine Liebe, welche ist der Heilige Geist.* Diese Wahrheit lässt sich allein mit der Vernunft nicht beweisen und doch ist sie wahr."

„So ist es auch mit dem Anfang der Welt, wenn ich Euch in Paris richtig verstanden habe, verehrter Magister Thomas." Giovanni fand wieder ins Gespräch zurück. „Diese Wahrheit kann auch allein mit der Vernunft nicht bewiesen werden, also müssen wir der Offenbarung aus der Genesis glauben."

Thomas nickte.

Wenigstens war dieses Problem für Giovanni gelöst. Er konnte seinen Schäfchen nun mit endgültiger Sicherheit zumindest diese Wahrheit verkünden.

Ich wollte meinen verwirrten Geist klären und ging noch einmal allen Gedanken, die ich eben gehört hatte, nach: Der Mensch war im Grunde gut, weil Gott nur Gutes geschaffen hat. Gott will aber, dass der Mensch von alleine zu ihm zurück findet und hat ihm deshalb einen freien Willen gegeben. Satan, im Grunde ein guter Engel, nutzt nun seine guten Gaben, um Böses zu tun. Ich musste unweigerlich an Lorenzo denken, konnte ihn mir aber unmöglich als gefallenen Engel vorstellen. Da Gott nur Gutes geschaffen hat, ist er nicht schuld an dem Bösen in der Welt. Die Schuld dafür liegt allein bei Satan oder den Menschen, die ihre guten Gaben falsch einsetzen. Das

Böse ist demnach wirklich nur ein Mangel an Gutem.

„Aber,…" rutschte es mir laut heraus. Alle starrten mich an. Giovanni lächelte resigniert, er wusste, dass dies der Moment war, in dem ich meine Fragen nicht mehr zügeln konnte.

„Aber was, junger Freund? Stellt mir alle Fragen, die Euch beschäftigen." Thomas schien erfreut.

„Aber, wenn Gott dem Menschen einen freien Willen gegeben hat und der Mensch diesen Willen für das Böse nützt, dann ist Gott doch verantwortlich für das Böse in der Welt!"

Reginald blickte säuerlich. Thomas schmunzelte. „Diese Frage wird selten gestellt. Ich antworte: Gott ist nicht in erster Linie dafür verantwortlich, denn er hat ja nur Gutes geschaffen, aber das Böse ist sozusagen eine Folgewirkung seiner von Grund auf guten Schöpfung. Insofern stimme ich Euch zu. Insofern ist Gott quasi indirekt schuld am Bösen in dieser Welt. Und dennoch ist das Böse in sich nicht existent. Es ist nur ein Mangel an Gutem."

„Dann ist das Böse lediglich eine Folge seines guten Wirkens." Giovanni war stolz auf mich, das konnte ich an seinem Lächeln erkennen. Reginald beobachtet mich genau und ich senkte schnell meinen Kopf, damit nichts in meiner Mimik mich verraten konnte. Thomas nahm seinen Becher und trank, Reginald schenkte jedem nach. Das Wasser tat meinen erhitzten Gedanken gut.

„Verehrter Magister, ich danke Euch für diese neuen Erkenntnisse", sagte Giovanni nach längerem Schweigen. „Ich werde noch lange darüber nachdenken. Gestattet mir aber noch ein paar Fragen zur politischen Ordnung, über die wir anfangs sprachen. Es steht auch für mich außer Frage, dass der Papst über den weltlichen Herrschern steht, denn er hat das letzte Wort in allen Glaubensfragen. Und die weltliche Ordnung und der weltliche Friede haben schließlich die Aufgabe, den Menschen auf das Reich Gottes vorzubereiten."

„Leider sehen das weltliche Fürsten ganz anders", warf Reginald ein.

Giovanni nickte freundlich zu Reginald und fuhr, leicht verärgert über diese Unterbrechung, fort: „Die beste Regierungsform, so schreibt Ihr, sei das Königtum, welches aber auch gleichzeitig die größte Gefahr in sich birgt, denn ein einzelner Herrscher, der seinen freien Willen nicht für das Gute einsetzt, sondern für seine eigenen Ziele, wird schnell zum Tyrannen…"

Meine Aufmerksamkeit schweifte ab zu Lorenzo. Wenn Gott nur Gutes geschaffen hat, dann war auch Lorenzo im Grunde durch und durch gut, nur leider setzte er seine Gaben falsch ein. Das konnte die einzige Schlussfolgerung sein, aus allem, was ich gehört hatte. Wenn auch mein Gefühl noch immer an der Vorstellung hing, dass überhaupt nichts Gutes an Lorenzo war. Doch hatte ich wirklich recht mit meiner Einschätzung?

„Enrico, junger Freund…"

Der Papst war schließlich der höchste aller Herrscher und Lorenzo hatte alle seine Gaben für den Kreuzzug des Papstes eingesetzt. Hatte er dann nicht im Grunde Gutes getan?

„…Enrico!" sagte mein Onkel plötzlich sehr laut. Erst jetzt reagierte ich auf diesen Namen, der nicht ganz der meine war. Ich senkte vor Scham den Kopf.

„Was beschäftigt Euch, junger Freund?" fragte Thomas mich sehr freundlich.

Noch immer hielt ich den Kopf gesenkt. Ich wollte nicht antworten, ich hatte schon genug gefragt, hoffte mein Onkel würde mich irgendwie aus dieser Situation retten, doch auch er war neugierig und sagte: „Lass uns teilhaben an Deinen Gedanken, lieber Neffe."

Ich nahm einen weiteren Schluck Wasser aus meinem Becher, um etwas Zeit zu gewinnen. Wie sollte ich das erklären, ohne mich zu verraten?

„Auf dem Weg hier her kamen wir an einem Landstrich vorbei, in dem die Menschen hungerten. Als wir nachfragten, was denn geschehen sei, erzählten uns die Frauen, dass ihr Herr, ein reicher Baron, alle jungen und kräftigen Männer mitgenommen habe. Alle Vorräte, ja sogar das Saatgut, hatte er ihnen genommen, um sich dem Kreuzzug anzuschließen.

Nun ist der Papst Gottes Stellvertreter auf Erden und ich frage mich, ob dieser Baron ein gerechter Herrscher ist. Er hat schließlich alle seine Gaben für den Papst und damit für Gott eingesetzt."

Thomas stutzte. Für einen kurzen Augenblick weiteten sich seine Augen. Dann griff er hastig in den Brotkorb und steckte sich ein großes Stück Brot in den Mund. Kauend stand er auf und lief mehrere Male um unseren Tisch herum. Als er das Brot gegessen hatte setzte er sich wieder. „Das ist eine Frage, die ich Euch nicht sofort beantworten kann, junger Freund. Ich habe eine Abhandlung über den gerechten Krieg geschrieben, die Reginald Euch geben wird. Diese werde ich bei meinen Überlegungen einbeziehen. Für den Augenblick muss ich Euch die Antwort schuldig bleiben."

Zu Giovanni gewandt sagte er: „Ich kann verstehen, das Ihr nicht auf diesen außergewöhnlichen jungen Mönch verzichten wollt. Er ist Euch sicher eine große Hilfe. Ich wünschte Gott hätte mir auch einen solchen Neffen geschenkt."

Bei diesen Worten huschte wieder ein verächtliches Lächeln über Reginalds Gesicht.

„Fürs Erste nehme ich diesen außergewöhnlichen jungen Mann wieder mit." Mein Onkel zwinkerte mir zu. „Sobald seine Ausbildung abgeschlossen ist, soll er mit Hilfe seines freien Willens selbst entscheiden, welchen Weg er gehen will."

„Ihr seid jederzeit willkommen in Neapel. Ich hoffe Ihr besucht uns recht bald." Mit diesen Worten verabschiedeten wir uns voneinander. Reginald gab meinem Onkel die versprochene Abhandlung über den gerechten Krieg und Giovanni erneuerte sein Angebot, die griechischen Schriften der Kirchenväter schnellstmöglich zu übersetzen. Man vereinbarte, dass Abschriften davon bald nach Montecassino gesendet werden sollten.

*„Die Sünden gegen das 6. Gebot sind keineswegs die
schlimmsten, aber die klebrigsten."*

Thomas von Aquin

Michele ging es schon besser, dank Ginevas Heilkunst, was ihn sehr beeindruckte. Er meinte, dass die Mönche auf Montecassino im Vergleich zu ihr die reinsten Quacksalber seien. Aber er war noch nicht reisefähig, was ihren Aufenthalt - sehr zu meiner Freude - verlängerte.

Giovanni war noch immer sehr glücklich über das Gespräch mit diesem Magister. Überschwänglich erzählte er Michele davon: „Reginald begrüßte uns freundlich, doch dieser Thomas von Aquin ignorierte uns und ich fürchtete schon, dass es wieder nur bei einem kurzen Austausch von Freundlichkeiten bleiben würde. Dann fiel ihm etwas herunter und Enrica ging hin und hob es auf, obwohl ich ihr vorher eingeschärft hatte, unbedingt nah bei mir zu bleiben. Zu allem Überfluss las sie auch noch laut vor, was sie da in Händen hielt. Wie ich befürchtete, war er davon gar nicht erbaut und ging sofort einen Schritt zurück und bat seinen Socius Reginald, ihn von dieser Last zu befreien. Doch dann fiel ihm auf, dass Enrica einen griechischen Text gelesen hatte und sein Interesse an uns war erwacht. Zumindest so lange bis er erkennen musste, dass weder ich noch Enrica mit ihm nach Neapel gehen würde, um ihm bei der Übersetzung seiner Akten zu helfen. – Stell dir vor, Michele, dieser berühmte Philosoph ist des Griechischen nicht mächtig! Wer hätte das gedacht?"

„Was war das denn für ein Text, den Enrica gelesen hat?" fragte Michele.

„Ach, es war nur das Gedicht des Aristoteles an seinen Freund Hermias, nichts Großes", wiegelte ich ab.

„Es ist ein Lobgesang an die Freundschaft und ich habe es den Kindern oft vorgelesen, um ihre Freude an dieser alten Sprache zu wecken, lediglich bei Enrica hatte ich damit Erfolg." Er zwinkerte mir zu.

„Habe ich es Dir niemals gegeben?" fragte er Michele.

„Nein."

„Dann werde ich es in Montecassino gleich nachholen. Aber nun lass Dir weiter erzählen. So schnell sein Interesse an uns geweckt war, so schnell war es wieder erloschen, als wir seinen Wünschen nicht nachkamen. Und wieder ist meine ungehorsame Nichte von meiner Seite gewichen und diesem beleidigten Philosophen in die andere Ecke des Raumes gefolgt. Dort hat sie ihn mit der dreisten Lüge, auch sie denke über einen Eintritt in den Dominikanischen Orden zum Sprechen gebracht! Michele, ich habe unsägliche Ängste ausgestanden, während dieser Reginald mich in ein Gespräch über diese alten griechischen Akten verwickelte. Aber wieder ging alles gut und irgendwie hat sie sein Vertrauen, ja seine Sympathie gewonnen."

Da war etwas an diesem Thomas, das mich von Anfang an zu ihm hinzog. Ich konnte gar nicht anders, als dieses Blatt aufzuheben und ich musste ihm nachgehen. Ob wir Menschen nun einen freien Willen haben oder nicht, in jenen Momenten wurde ich geführt, in jenen Momenten konnte ich nicht wählen, in jenen Momenten waren meine Schritte vorbestimmt. Das konnte ich Giovanni und Michele nicht sagen, das konnte ich mir kaum selbst eingestehen.

„Zu unser aller Überraschung wohnten wir auch noch einem jener seltenen Momente bei, in denen er in himmlischen Sphären zu sein scheint. Wir sahen, wie er den Engeln lauschte."

„Und ich musste hier das Bett hüten", rief Michele ärgerlich. Ich konnte seine Enttäuschung verstehen und war doch tief in meinem Herzen dankbar, dass ich an seiner Stelle gereist war. Dieser Ausflug war ein Abenteuer, das sich sicherlich nie mehr wiederholen würde.

„Am nächsten Morgen gewährte er uns eine Privataudienz und ich werde Dir, meine liebste Nichte, ewig dankbar sein, dass Du mir mit deinem Ungehorsam dieses Vergnügen ermöglicht hast." Er nahm mich innig in seine Arme und küsste mich auf die Stirn.

„Michele, dieser Magister ist wirklich ein ganz außergewöhnlicher Denker. Stell Dir vor, er sagt, dass der Mensch von Grund auf gut ist, weil Gott nur Gutes geschaffen hat."

„Aber damit widerspricht er ja Augustinus, der in der Erbsünde unser aller Verderben sieht", sagte Michele.

„Genau, das habe ich auch gesagt, was ihn nicht beeindruckt hat. Er geht sogar noch weiter, denn daraus, dass Gott nur Gutes geschaffen hat, ergibt sich, dass das Böse nicht existiert."

„Aber das Böse existiert doch!"

„Darin waren wir uns auch sicher, doch er sagt, es ist lediglich ein Mangel an Gutem, denn der Mensch hat einen freien Willen und mit diesem würde Böses entstehen, also ist Gott nicht für das Böse verantwortlich, sondern der Mensch, aber letztlich ist Gott doch dafür verantwortlich, weil er dem Menschen ja den freien Willen gegeben hat. Zu diesem Zugeständnis hat Enrica ihn gebracht."

„Giovanni, ich glaube, ich bin doch noch zu krank, um diesen Gedanken folgen zu können." Michele fiel erschöpft in seine Kissen zurück.

„Liebster Onkel, ich glaube, Ihr habt das alles zu knapp zusammengefasst. Vielleicht erklärt Ihr es Michele in aller Ausführlichkeit, wenn er wieder gesund ist."

„Nur eines noch, mein Freund Michele, Du musst es hören, auch wenn Du es im Moment noch nicht verstehst. Er widerspricht Augustinus erneut, der in seiner Abhandlung über den Gottesstaat den Ungehorsam gegen den Fürsten mit dem Ungehorsam gegen Gott gleich gesetzt hat. Thomas sagt, wenn auch nicht direkt, so doch indirekt, dass es erlaubt ist, sich gegen einen Tyrannen zu erheben."

„Wann hat er das denn gesagt?" Daran konnte ich mich überhaupt nicht erinnern.

„Da warst Du gerade in Gedanken – ich nehme an, Du hast dabei an Lorenzo gedacht – über einen Herrscher, der seine Untertanen hungern lässt, um damit den Kreuzzug für den Papst zu führen." Giovannis Augen strahlten. „Enrica, diese Frage war der Höhepunkt! Du hast es geschafft, diesen Magister, der doch auf alles eine Antwort hat, sprachlos zu machen. Es war sicherlich das größte Vergnügen, was ich in diesem Leben haben werde."

„Ich bin schon sehr auf seine Antwort gespannt. Bitte schreibt mir, sobald er sie Euch schickt."

Diese Antwort blieb Thomas von Aquin schuldig. Nicht nur mir. Der ganzen Welt.

Michele war inzwischen eingeschlafen. Nur mit Mühe konnte ich meinen Onkel leise aus der Kammer führen. Ich gab ihm meine Abschrift über den gerechten Krieg, um ihn zu beschäftigen. Für mich war das alles erst einmal genug.

Giovanni, Michele und ich diskutierten noch ausführlich über Thomas und Reginald, über meinen Betrug, den glücklicherweise niemand bemerkt hatte, über die Ansichten, die Thomas vertrat, über sein Werk. Nach und nach konnte auch Michele diese neuen Gedanken nachvollziehen obgleich er sagte, dass alles logisch sein mag, er manches aber doch nicht glauben könne. Am ehesten konnte er verstehen, dass wir Gott niemals ganz verstehen können.

Ich war fasziniert von der Zartheit, die dieser große und starke Thomas von Aquin ausstrahlte. Ich war begeistert von seiner Offenheit für die alten Philosophen, für seine Überzeugung, dass Gott uns den Verstand gab, damit wir sein Werk verstehen können, nicht nur blind daran glauben müssen. Diese Überzeugung war revolutionär und manch einer seiner gelehrten Kollegen hielt ihn darum für einen Ketzer. Giovanni hatte Recht, ohne die Unterstützung der Päpste, könnte er diese

Gedanken nicht laut äußern.

Giovanni rief immer wieder: „Endlich darf gedacht werden!" Er war so glücklich darüber, dass er nun nicht mehr blind und fraglos der Lehre folgen musste. Er freute sich darüber, das der Satz des heiligen Bernhard *‚Ich glaube, auch wenn ich nicht verstehe.'* nicht mehr galt. Wenn er auch noch immer nicht alles verstand, was dieser Thomas von Aquin sagte, so hatte er doch zumindest das Recht, Fragen zu stellen, zu diskutieren! Und das tat er am allerliebsten. Er tat es mit uns so ausgiebig, dass ich fast froh war, als sie endlich abreisten.

Giovanni versprach, mir so bald wie möglich einige Abschriften zukommen zu lassen. Luca sollte ihn für eine Weile wieder auf Montecassino unterstützen, doch sobald es möglich wäre, würde er ihn samt Abschriften wieder zu mir schicken.

In der Gesellschaft von Gineva und Rosa ging es mir gut. Wir waren Gleiche unter Gleichen, so fühlte ich es, doch Gineva sagte, dass wir niemals gleich sein könnten, jeder gehöre nun mal zu seinem Stand. Ich glaubte ihr nicht, aber es war auch nicht wichtig. Es gab so viel zu tun. Die Frauen im Dorf waren so fleißig und ich liebte es zu arbeiten, gebraucht zu werden, zu sehen, wie wir jeden Tag ein Stück weiter kamen.

Alles, was ich in der Welt der Mönche erlebt hatte, verblasste langsam. Es war eine Welt, in der ich nie leben würde. Mein Platz war hier, solange Lorenzo im Heiligen Land weilte, war alles gut. Den Gedanken an seine Rückkehr verdrängte ich so gut es ging.

Luca kam schon bald wieder und mit ihm kam wieder das Lachen in unser Leben. Er stürzte sich ebenfalls in die Arbeit, sagte, dass er niemals Mönch werden könne. Mein Onkel hatte ihm von den Lehren des Thomas von Aquin erzählt und ihm einige Schriften zum Studium mitgegeben, doch er wurde einfach nicht schlau daraus. Lieber arbeite er hier als Verwalter, als im Scriptorium des Klosters zu versauern. Ich musste lachen, denn ich verstand sofort, was mein Onkel damit bezweckt hatte: Er hatte mir nicht nur die Abschriften zukommen lassen, nein, den passenden Gesprächspartner gleich dazu. Der arme Luca ahnte natürlich nichts von dieser List. Giovanni wusste, dass ich diesem armen Jungen schon alles erklären würde, so wie ich meinen Brüdern alles erklärt hatte. Luca würde lernen, was er nicht lernen wollte und ich brauchte nicht alleine, still und heimlich diese Schriften studieren.

Da Gineva und Rosa kein Interesse an diesen Schriften hatten, wollten wir nicht in der Küche bleiben. In Ermangelung einer Bibliothek gingen wir in den Rittersaal. Es war ein düsterer Raum, mit schweren Wandteppichen und viel dunklem Holz, der mich schaudern ließ. Doch es war einer der wenigen Räume, die beheizbar waren. In meine Kemenate wollte ich nicht gehen, das ziemte sich nicht. Im Rittersaal war ich zuvor nur wenige Male gewesen. Das letzte Mal mit meinem geliebten Vater. Mit dieser Erinnerung konnte ich diesen Raum ertragen.

„Metaphysik! Essentiell! Akzidentell! Was soll das alles? Ich verstehe gar nichts!" rief Luca verzweifelt.

Ich verstand anfangs auch nichts. Es dauerte eine ganze Weile, bis ich es mit den Worten des Magisters einigermaßen erklären konnte, doch es nützte nichts. Luca verstand nicht. Doch dann fand ich meine eigenen Worte.

„Metaphysik ist die Lehre vom Sein. Meta bedeutet nach oder hinter. Physik ist die Lehre von der Natur, von den Dingen um uns herum. Die Metaphysik fragt also nach dem was hinter den Dingen ist. Thomas fragt nach dem Wesen, dem Wesentlichen, der Essenz. Hiermit haben wir das Wort „essentiell" erklärt. Es bedeutet also das Wesentliche. Akzidentell ist somit das Unwesentlich."

„Verstehe ich nicht", maulte Luca.

„Schaut mich an. Was bin ich?"

„Eine Frau."

„Ja, aber was für eine Frau?"

„Eine junge Frau."
„Was noch?"
„Ich weiß nicht."
„Ich bin eine verheiratete Frau."
„Ja, ich weiß", sagte er traurig.
„Gut, dann beschreibt mich. Was sind die Eigenschaften einer verheirateten Frau?"

„Also, Ihr tragt Kleider, einen Ring, habt lange Haare, seid kleiner als ich, könnt lesen, habt einen Onkel, der Abt ist, seid Herrin dieser Burg und habt irgendwo auf der Welt einen Mann."

„Gut, stimmt alles. Aber was ist nun essentiell und was ist akzidentell?"

„Ich weiß es wirklich nicht, Baronessa, helft mir bitte. Diese ganzen Wörter verwirren mich."

„Wesentlich für eine verheiratete Frau ist lediglich, dass sie eine Frau ist und vor Gott die Ehe geschlossen hat. Diese beiden Eigenschaften sind essentiell. Alles andere ist akzidentell. Ob ich nun einen Onkel habe, der Abt ist, ist nicht wesentlich, den kann auch eine unverheiratete Frau haben. Ebenso unwesentlich ist die Länge meiner Haare, meine Körpergröße, auch dass ich lesen kann ist akzidentell, also unwesentlich. All diese Eigenschaften kann auch eine unverheiratete Frau haben.

Selbst der Ring an meinem Finger ist akzidentell. Er ist vielleicht das weltliche Zeichen für mein Ehegelöbnis, aber er ist nicht das Ehegelöbnis selbst, welches ja essentiell ist. Ich finde hier könnt Ihr genau erkennen, was Metaphysik bedeutet. Der Ring ist die dingliche Sache, das Physische. Es könnte irgendein Ring sein. Er ist lediglich das sichtbare Zeichen für die einst vor Gott geschlossene Ehe. Das, was *hinter* diesem Ring steht, ist das *Meta*physische. – Also was ist nun das Metaphysische dieses Ringes?"

„Euer Ehegelöbnis?" fragte er unsicher.
„Ja!" rief ich erfreut. Wir kamen der Sache näher.
„Auch meine Kleider sind akzidentell, also

unwesentlich. Eine verheiratete Frau bin ich auch wenn ich Hosen tragen würde oder eine Ritterrüstung oder wenn ich mich als Mönch verkleiden würde."

„Aber eine Frau trägt Kleider, daran kann man sie doch erkennen", meinte er noch nicht ganz überzeugt.

„Das ist die physische Welt, Luca, das sind die sichtbaren Zeichen, aber was ist das, was hinter diesen Kleidern ist? Wäre ich ein Mönch, wenn ich eine Kutte tragen würde?"

„Nein, Ihr wärt eine Betrügerin", meinte er entsetzt.

„Vielleicht eine Betrügerin, aber ganz sicher eine verheiratete Frau, denn egal, was ich anhabe, auch wenn ich nichts anhabe, es ändert nichts daran, dass ich eine verheiratete Frau bin.

Luca wurde rot.

„Versteht Ihr nun den Unterschied zwischen essentiell und akzidentiell?" fragte ich ihn vorsichtig.

Er konnte nicht sprechen. Verschämt blickte er zur Seite. Nach einer ganzen Weil des Nachdenkens fragte er: „Aber was ist mit Eurem Mann? Er muss doch leben, sonst wärt Ihr keine verheiratete Frau."

„Richtig, er muss leben, damit ich eine bekleidete verheiratete Frau sein kann. Was wäre ich, inzwischen wieder unbekleidet, wenn mein Mann gestorben wäre?" Ich konnte es nicht lassen ihn weiter in Verlegenheit zu bringen.

Sein Blick verriet mir, wohin seine Gedanken flogen und dass er sich nur schwer auf meine Frage einlassen konnte. „Ich weiß es schon wieder nicht."

„Eine Witwe! Dann wäre ich keine verheiratete Frau mehr, sondern eine Witwe. Und was ist nun essentiell an einer Witwe?"

„Dass der Mann tot ist."

„Richtig, aber eben auch, dass sie zuvor das Ehegelöbns vor Gott abgelegt hat."

„Bekleidet oder unbekleidet."

Ich musste lachen. „Jetzt Ihr."

„Was ist mit mir?"

„Was seid Ihr?"

„Ein unverheirateter Mann."

„Genau. Und was ist nun essentiell an Euch und was akzidentell?"

Er grinste. „Essentiell ist, dass ich ein Mann bin und *nicht* das Ehegelöbnis abgelegt habe. Akzidentell sind meine Haarfarbe, meine Größe und meine Kleider. Nackt bin ich erst recht ein unverheirateter Mann."

Er hatte es verstanden!

Es war ein gewagtes Beispiel gewesen, ich wusste das, doch es brachte uns zum Lachen und das Lachen brachte ihn dazu, sich immer wieder diesen schwierigen Schriften zu widmen, brachte ihn immer wieder zu mir. Aus diesem Lachen wurde mehr. Mehr als ich wollte. Mehr als erlaubt war.

Ich spielte mit dem Feuer, mit einem Feuer, das sich nicht kontrollieren ließ, das alles verschlang und nichts als Asche zurückließ.

Anfangs war es nur eine kleine Freude ihn zu sehen, ihn zu hören. Dann fühlte ich eine Sehnsucht nach ihm, wenn er nicht da war. Eine kleine Berührung der Finger bei der Übergabe des Buches löste einen wohligen Schauer in meinem Körper aus. Sein Duft, wenn er an mir vorüber ging, ließ meine Knie weich werden.

Ich versuchte, so gut es ging, meine Gefühle zu verbergen. Auch Luca versuchte es. Irgendwann war die Sehnsucht nacheinander so groß, dass wir nicht mehr lesen konnten, nicht mehr reden konnten, nicht mehr lachen. Das Verschweigen unserer Gefühle hatte eine Stille ausgelöst, die alles andere erstickte. Luca ging vor mir auf die Knie, mit Tränen in den Augen gestand er mir seine Liebe und wollte sogleich Abschied von mir nehmen. Ich wusste, es wäre besser, er würde gehen, doch ich konnte ihn nicht gehen lassen.

Die Liebe fragt nicht nach dem Segen der Kirche. Die

Liebe kommt wie es ihr beliebt, sie hält sich nicht an Vorschriften, die von Menschen gemacht wurden, die die Liebe nie erlebt haben.

Er nahm meine Hände, küsste sie. Ich küsste seine Hände. Meine Lippen streichelten sanft seine Stirn. Seine Lippen fanden endlich die meinen. Diese Nähe war das Wunderbarste, was ich je erlebt habe und doch hatte ich gleichzeitig die größte Angst davor. Ich löste mich wieder von ihm. Er erschrak und wollte gehen.

„Bitte bleib", sagte ich unter Tränen. „Halt mich fest, aber tu mir nicht weh."

„Ich könnte Dir niemals weh tun", sagte er mit zärtlicher Stimme.

Er wusste nicht, was ich meinte, konnte es nicht wissen und ich wollte es ihm nicht sagen. Alles, mein ganzer Körper sehnte sich nach ihm. Selbst in meinem Schoß fühlte ich eine Sehnsucht, wie ich sie nie für möglich gehalten hätte. Aber da waren die Bilder meiner Hochzeitsnacht, dieser vielen leidvollen Nächte, die Erinnerungen an Schmerzen, die mit Liebe nicht das Geringste zu tun haben. Da stand ich nun, umfangen von Liebe und Sehnsucht, gepeinigt von einer Angst, die stärker war als alles andere.

Gineva war nicht entgangen, was sich im Rittersaal entwickelt hatte. Sie sah die Angst in meinen Augen, fühlte das Leid, das mir diese Liebe verursachte.

„Es spricht für Euch, dass Ihr Euch nicht einfach der Liebe hingebt, dass Ihr Euch an das Ehegelöbnis gebunden fühlt. Doch was bringt es Euch? Falls Lorenzo zurück kommt und keinen Erben vorfindet, wird er Euch verstoßen."

„Und wenn er zurück kommt und einen Bastard vorfindet, wird er mich umbringen!"

„Falls er zurück kommt! - Gott der Herr möge mir vergeben. – Falls nicht, habt Ihr vielleicht ein Kind der Liebe, das dies alles hier erben wird. Wer sollte an seiner

Legitimation zweifeln?"

„Die Leute im Dorf wissen, dass ich kein Kind von Lorenzo habe", gab ich zu bedenken.

„Gerüchte gibt es immer. Doch wenn ein hoher Herr, zum Beispiel Euer Onkel, für die Legitimation bürgt, dann könnte selbst Lorenzo nichts machen. Wahrheit ist das, was die Leute glauben, was wahr ist und nicht das, was wirklich geschehen ist. Und was wahr ist, das bestimmen Zeugen und Bürgen."

„Aber das Kind wäre doch viel zu jung, das würde selbst Lorenzo bemerken."

„Lorenzo ist dumm und hat von solchen Dingen keine Ahnung. Außerdem wird er im Zweifelsfalle das Kind als das seine akzeptieren, denn er braucht ja schließlich einen legitimen Erben. – Glaubt mir, treue Enrica, Ihr seid nicht die erste Frau, die auf diese Weise ihre Haut rettet und Ihr werdet ganz bestimmt nicht die Letzte sein. Schaut Euch Luca an, er ist groß und hat dunkle Haare, wie Lorenzo. Ein Kind von ihm könnte genauso gut ein Kind von Lorenzo sein. Und sollte Lorenzo doch ruhmreich im Heiligen Land sein Leben lassen, dann könnte Luca für immer bei Euch bleiben." Gineva streichelte mir die Wange.

Gineva hatte Recht, meine Zukunft auf dieser Burg war mehr als ungewiss, mit und ohne Kind. Und ich wünschte mir so sehr ein Kind. Ein Kind von Luca. Blieb nur noch meine Angst vor der Nacht.

Luca kämpfte auch mit sich. Er war sich der Sünde bewusst, nach der er sich so sehnte. Er war sich auch bewusst, in welche Gefahr er mich damit brachte. Er ritt jeden Tag stundenlang aus, damit er abends vor Erschöpfung früh in sein Bett fiel. Wir versuchten uns aus dem Weg zu gehen, doch immer wieder fanden wir zueinander, für einen flüchtigen Kuss, für eine kurze Umarmung. Mehr wollten wir beide nicht zulassen.

Es war meine Entscheidung, diese Sünde zu begehen. Irgendwann war meine Sehnsucht größer als meine Angst. Irgendwann wurde aus dem flüchtigen Kuss ein langer Kuss und aus der kurzen Umarmung eine innige Umarmung. Mit vor Angst klopfendem Herzen zog ich ihn in eine Kammer, die ich extra dafür vorbereitet hatte. Die Liebe mit ihm brauchte ein neues Bett. Die Liebe mit ihm war etwas Neues. Die Liebe mit ihm war Liebe. Er war so liebevoll, so zärtlich, so behutsam. Er ließ uns Zeit, streifte jedes Kleidungsstück langsam ab, bewunderte meinen kleinen Busen, streichelte mit seinen großen, starken Händen zärtlich über meinen knabenhaften Körper, küsste mich an Stellen, die meine Lust ins Unendliche steigerten. Dann zog auch er sich aus und als ich seine große Lust sah, kam die Angst zurück. Er muss es bemerkt haben, denn er legte sich neben mich, deckte uns beide behutsam zu, nahm mich in die Arme und gab mir Geborgenheit. So lagen wir eine ganze Weile still da. Irgendwann bemerkte ich, dass er eingeschlafen war.

So war unser erstes Mal. So waren auch das zweite und das dritte Mal. Beim vierten Mal war meine Angst völlig verschwunden und ich sehnte mich so sehr nach der Vereinigung, dass Luca sich fast überrumpelt fühlte. Er lachte und sagte nur: „Jetzt bist Du da, wo ich Dich haben wollte, jetzt bist Du ganz bei mir." Dann liebte er mich mit einer Energie, die mich ganz erfüllte und mir das Gefühl gab, eins mit ihm zu sein.

Ein solches Glück kann man nicht halten. Ein solches Glück ist flüchtig. Es ist zu groß, zu allumfassend, zu tief und zu hoch, zu leicht und zu schwer. Es ist wie ein Rausch, mit dem man glaubt, dieser Welt entfliehen zu können. Ein Rausch, der unweigerlich in ein unbarmherziges Erwachen führt. Ein Erwachen, aus dem es kein Zurück mehr gibt.

Wir hatten ein paar wenige Wochen, dann war ich schwanger. Ich spürte es schon am nächsten Morgen. Ein

Schmerz durchfuhr meinen Rücken und manifestierte sich in meinem Bauch. Ich konnte kein Essen mehr bei mir behalten. Innerhalb von Stunden verlor ich meine ganze Kraft. Wieder schien sich mein Körper gegen ein Kind zu wehren. Wieder versuchte ich verzweifelt, die ersten kritischen Wochen mit Bettruhe zu überstehen. Wieder versuchte Gineva, mir zu helfen. Vergeblich. Hilflos mussten wir zusehen, wie das Blut alles aus mir herausspülte, was ein Kind der Liebe geworden wäre.

Luca war entsetzt. Er gab sich die Schuld. Er hatte mir nie wehtun wollen und nun lag ich da, blass und leblos wie eine Leiche, dem Tode näher als dem Leben. Er glaubte an Gottes Strafe für unseren Ehebruch.

In meiner Schwäche und Verzweiflung über den erneuten Verlust dachte ich zunächst auch so und wünschte, Gott würde mich endlich von diesen Qualen erlösen. Doch der Tod kam wieder nicht. Das Leben kehrte langsam wieder in meinen Körper und mit ihm andere Gedanken. Gott wollte mir kein Kind schenken, weder im heiligen Sakrament der Ehe noch in der Sünde. Er wollte mich auch nicht zu sich nehmen oder in die Hölle schicken. Er hatte anderes mit mir vor. Was auch immer, ich wusste es nicht, wollte es auch nicht wissen. Aber ich ahnte, dass ich eine weitere Schwangerschaft nicht überleben würde und war entschlossen, Gott herauszufordern.

Luca war sich dieser Gefahr ebenfalls bewusst. Er war verzweifelt. Seine Liebe konnte mich das Leben kosten. Mehr als einen Kuss und eine innige Umarmung konnte er mir nicht mehr geben. Als ich wieder einigermaßen zu Kräften gekommen war, eröffnete er mir, dass er zurück nach Montecassino gehen und meinen Onkel bitten würde, einen anderen Verwalter hier her zu schicken.

Diese Liebe war ein Geschenk. Diese Liebe war das Heiligste, was ich erleben durfte. Ich habe keine Sekunde davon bedauert. Was auch immer die Welt dazu gesagt hat, sie war keine Sünde. Wenn ich diese Liebe gebeichtet und um Vergebung gebeten hätte, dann hätte ich sie entweiht, dann hätte ich alles verloren. Die Erinnerungen an diese Liebe waren der einzige Labsal für meine elendige Seele in diesem erbarmungslos langen Leben.

Der neue Verwalter war ein Mönch mittleren Alters, der sich weigerte, mit uns zu essen. Er bestand darauf, einen eigenen Wohntrakt in der Burg zu beziehen und ließ sich von vorne bis hinten bedienen. Seine Arbeit machte er gut. Mir gegenüber war er fast unterwürfig, aber sein Ton verriet seine wahre Überheblichkeit. In seinen Augen war ich nur eine dumme Frau. Leider war mein Onkel sein Abt, was meine Position ihm gegenüber erheblich steigerte.

Ich musste weiter leben. Gott ließ sich nicht bezwingen.

„Mag auch das Böse sich noch so sehr vervielfachen, niemals vermag es das Gute ganz aufzuzehren."
Thomas von Aquin

Luca stand völlig außer Atem vor mir. Er war mit dem Pferd so schnell geritten, wie er nur konnte, um mich zu warnen. Der Kreuzzug war gescheitert. Lorenzo hatte alles verloren und war auf dem Weg hierher zurück. Soviel Luca zu Ohren gekommen war, hatte Lorenzo vor seiner Abreise seine ganzen Besitzungen verpfändet in dem Glauben, als reicher Mann aus dem Heiligen Land zurück zu kehren. Nun hatte er kaum sein Leben retten können und wollte seine Burg nicht – wie schriftlich vereinbart – an den neuen Besitzer übergeben. Deshalb habe Lorenzo ein paar willige Söldner, die selbst nichts mehr zu verlieren hatten, um sich geschart. Mit diesen Banditen war er auf dem Weg hierher, um die Burg zu verteidigen.

In dem Glauben, Lorenzo wäre noch weit genug weg, ließ ich Essen und Trinken in den Rittersaal bringen. Ich wollte noch einmal alleine sein mit ihm, ihn noch einmal ganz für mich haben. Wir schwiegen. Wir hatten uns so viel zu sagen und konnten nicht miteinander sprechen. Seinen Blick, diesen unendlich traurigen Blick, in dem all seine Sehnsucht und all seine Angst lagen, konnte ich niemals vergessen. Noch heute, da ich diese Zeilen schreibe ist es, als ob er mir gegenüber sitzt und mich anschaut mit diesen traurigen Augen.

Wir hörten ihn nicht. Plötzlich stand Lorenzo mit einer Kerze in der Hand hinter Luca. Noch bevor Luca auch nur aufstehen konnte, rammte Lorenzo ihm sein Schwert in den Rücken. Luca fiel mit dem Gesicht auf den Tisch, Blut quoll ihm aus dem Mund, seine Augen wurden blind.

Ich saß wie gelähmt auf meinem Stuhl. Lorenzo lachte. „So, hat sich doch ein Dummkopf meiner hässlichen Frau erbarmt, als ich fort war. Der dicke Mönch, der meinte, mein Verwalter zu sein, erzählte es mir kurz bevor ich ihn seinem Schöpfer empfahl." Er zog das Schwert aus Lucas Leib. Luca ächzte noch ein letztes Mal.

Ein Wandteppich war zur Seite geschoben. Dahinter stand eine Tür offen, die ich niemals zuvor bemerkt hatte und die zu einem Geheimgang führen musste. Durch diese Tür war Lorenzo hereingekommen. Deshalb die Kerze in seiner Hand, die er nun auf den Tisch stellte. Lorenzo betrachtete stolz das Blut auf seinem Schwert, dann sah er mich an und sagte: „Mein Schwert lechzt nach Blut und Deines wird es als nächstes kosten." Das Lachen war das eines Irren.

Es hätte schnell gehen können, Lorenzo hätte meinem sinnlosen Leben endlich ein Ende bereitet und ich wäre für immer mit Luca vereint gewesen, doch Gott - oder der Teufel - ermächtigten sich meiner und gaben mir Kräfte, die nicht von dieser Welt waren. Wie in Trance nahm ich die Kerze und schleuderte sie auf den Wandteppich, der sogleich Feuer fing. Für einen Augenblick war Lorenzo abgelenkt, ich sprang auf und konnte den Schürhaken erreichen, der neben dem Kamin stand. Lorenzo schrie wütend: „Feuer? Du willst Feuer legen, Du Hexe? Gleich wirst Du darin verbrennen." Er kam mit erhobenem Schwert auf mich zu. Mit dem Schürhaken in beiden Händen hielt ich ihn auf Abstand, zumindest für den Moment. Ich wusste, dass ich damit nicht allzu viel ausrichten konnte, doch mein Vorteil war, dass er mich unterschätzte. Zu meiner eigenen Überraschung hörte ich mich plötzlich sagen: „Wie dumm muss man sein, sein ganzes Hab und Gut zu verpfänden?"

„Ich habe es nicht verpfändet, ich wurde betrogen", antwortete er, wie ein kleines Kind, „Die Urkunde, die ich unterschrieb, war gefälscht."

„Habt Ihr sie denn nicht vorher gelesen?"

„Man hat sie mir vorgelesen."

„Dann seid Ihr noch dümmer, als ich dachte", lachte

ich ihn aus.

„Schweig!" schrie er verzweifelt, „Mit Dir ist das Unglück in mein Haus gekommen!"

„Mit mir ist Vermögen und Bildung in dieses alte Gemäuer gekommen. Hättet Ihr Euch das zu Nutzen gemacht, hätte Euch niemand betrügen können."

„Schweig endlich Du Hure, Du Hexe..."

Er kam mir gefährlich nahe, doch als er sein Schwert zum finalen Hieb ansetzte, schleuderte ich ihm den Schürhaken ins Gesicht. Lorenzo taumelte und fiel hin. Für einen kurzen Augenblick war er bewusstlos und ich nahm ihm das Schwert aus der Hand. Ich wollte flüchten, doch er lag quer vor der Tür. Ich lief zum Geheimgang, aber das Feuer hatte bereits alle Wandteppiche erfasst und auch die Holzvertäfelung und die Tür in Brand gesetzt. Da war sie, die Angst, die mich stets begleitet hatte, in diesem Raum, auch, wenn ich glückliche Stunden hier verbrachte, immer war diese Ahnung gewesen, diesem Raum niemals zu entkommen. Alle diese hässlichen Wandteppiche, all das bedrohlich dunkle Holz brannte lichterloh. Die Flammen wollten mein Kleid mit in ihr Inferno ziehen. Ich wich zurück, doch wo sollte ich hin? Inzwischen hatte sich Lorenzo wieder aufgerichtet und war nun seinerseits mit dem Schürhaken bewaffnet.

„Ich kann nicht nur lesen und schreiben, ich habe auch gelernt mit einem Schwert zu kämpfen", sagte ich klar und deutlich, doch er glaubte mir nicht. Er machte den gleichen Fehler noch einmal. Er kam wieder auf mich zu, wieder hob er mit beiden Händen seine Waffe, um mich zu erschlagen. In seinen Augen sah ich, dass es keinen Ausweg mehr gab. Er war sich so sicher, mich mit einem einzigen Schlag zu töten, dass mir keine andere Wahl blieb.

So, wie ich als Kind das Schwert meines Vaters in die gepanzerte Brust eines Kriegers aus Stroh gerammt hatte, so rammte ich Lorenzo sein eigenes Schwert in seine ungepanzerte Brust. Von unten nach oben, direkt in sein

Herz. Der Schürhaken fiel hinter ihm auf den Boden. Die Verwunderung in seinem Blick kam einen Moment früher, als das Blut aus seinem Mund. Mit dem Schwert in seiner Brust, das ich noch immer mit beiden Händen fest umklammerte, ging er vor mir auf die Knie. Es schien, als wolle er noch etwas sagen, doch bevor auch nur ein Laut über seine Lippen kam, stieß ich das Schwert ein weiteres Stück in seine Brust. Dann erst ließ ich los. Stumm fiel er nach hinten.

Der Weg war frei. Ich wollte Luca mitnehmen, wollte ihn nicht dem Feuer überlassen, aber der Rauch war überall, und ich fing an zu husten. Sein lebloser Körper war noch warm. Ich wischte das Blut von seinen Lippen, küsste ihn auf die Stirn, bat ihn mit mir zu kommen, zog ihn vom Stuhl und wollte ihn aus dem Zimmer schleppen, doch meine Kräfte hatten mich verlassen. Plötzlich richtete er sich auf, sah mir tief in die Augen, umarmte mich und nahm mich mit ins Licht.

Gineva und Rosa hatten das Feuer zu spät entdeckt, es war schon alles in Flammen. Sie konnten es nicht löschen und auch mit Hilfe der Frauen im Dorf konnten sie das Feuer nicht mehr eindämmen. So breitete es sich über die ganze Burg aus. Es brannte drei Tage und drei Nächte. Die Menschen und das Vieh konnten gerettet werden und auch ein Teil der Vorräte. Leider waren am zweiten Tag Lorenzos Söldner gekommen und als sie das Feuer sahen, wollten sie das Dorf plündern, um nicht ganz leer auszugehen. Doch die Frauen wehrten sich und da es nur ein knappes Dutzend ausgemergelter Männer waren, gab es noch weitere Tote. Diese legte man auf einen Karren mit Stroh, schob ihn in den Burghof und hoffte, das Feuer würde die Spuren vernichten. Was es auch tat. Es blieb nichts als Schutt und Asche.

Wie sich herausstellte, war der neue Eigentümer das reiche Dominikaner Kloster, ganz in der Nähe, in dem ich Thomas das erste Mal getroffen hatte. Dieses Kloster hatte uns auf Bitten meines Onkels großzügig geholfen. Diese Großzügigkeit war wohl nicht der reinen Nächstenliebe entsprungen, sondern dem schlichten Kalkül, den Ländereien, die sie bereits als Pfand besaßen, ihre Ertragskraft zu erhalten. Da die Burg bis auf die Grundmauern ausgebrannt war, war sie wertlos, doch die dazugehörigen Ländereien und Dörfer brachten reichlich Pacht. Den Inspektoren, die den Brand begutachteten, erzählten die Frauen, dass Lorenzo bei seiner Rückkehr mit seinen Getreuen ein rauschendes Fest gegeben habe, bei dem das Feuer ausgebrochen sei. Die Männer seien so betrunken gewesen, dass sie sich nicht mehr haben retten können und die Frauen waren zu schwach, um die Ausbreitung des Feuers zu verhindern. So habe man tatenlos zusehen müssen, wie alles abbrannte. Vermutlich sei auch seine Frau bei dem Brand umgekommen. Lorenzo soll sie bei seiner Rückkehr fast totgeschlagen haben, weil sie ihm keinen Erben präsentieren konnte, obwohl er sie schwanger zurück gelassen hatte. Die Mönche gaben sich damit zufrieden, spendeten den Opfern ihren Segen und machten sich daran, den Frauen zu erklären, an wen sie in Zukunft ihre Abgaben zu richten hatten.

> *„Fünf Heilmittel gegen Schmerzen und Traurigkeit:*
> *Tränen,*
> *das Mitleid der Freunde,*
> *der Wahrheit ins Auge sehn,*
> *schlafen,*
> *baden."*
>
> Thomas von Aquin

Ich war in der Hölle. Das Feuer um mich herum loderte überall. Ich verbrannte bei lebendigem Leib. Die Schmerzen waren unerträglich. Manchmal sah ich Gineva, die mir einen Becher reichte. Dann wurde alles schwarz und für einen kleinen Augenblick durfte ich vergessen. Doch die Flammen hellten wieder auf und tausend Teufel stachen auf mich ein, um mich für meine Todsünden zu bestrafen. Manchmal sah ich auch Rosa, die mir ein kaltes Tuch reichte, um die Hitze zu lindern, doch sie schien unerreichbar, wie ein Engel im fernen Himmel. Aus diesem Fegefeuer gab es kein Entrinnen. Allein die Erinnerungen an Gineva und ihren Becher brachten kurze Momente der Erleichterung. Ginevas Becher erlösten mich aus diesen Qualen. Die Zeiten der Dunkelheit wurden länger, die Zeiten in der Hölle kürzer, die Flammen erloschen, die Teufel verschwanden, die Hitze ließ nach. Ginevas Becher brachten mich zurück ins Leben, ob ich wollte oder nicht.

Die Schmerzen blieben. Verbrennungen an Armen und Beinen waren die sichtbaren Zeichen meines Aufenthaltes in der Hölle. Sie würden mich für den Rest meines Lebens verraten. Für eine lange, lange Zeit konnte ich keine Berührungen ertragen. Die Schmerzen der Narben, die sich langsam bildeten, isolierten mich von den anderen, trennten mich für immer von einem normalen

Leben, machten mich zur Aussätzigen.

Wie durch ein Wunder hatte ich keine Verletzungen an den Händen und im Gesicht. Gineva sagte, Luca habe auf mir gelegen und mit seinem Körper das Schlimmste verhindert. Sie hatten auch ihn bergen wollen, doch das Feuer hatte schon an ihren Kleidern gezüngelt und so mussten sie ihn zurück lassen, sonst wären wir alle drei Opfer der Flammen geworden. Hätten sie mich doch bei Luca gelassen.

Warum musste ich weiterleben? Warum hatte ich mich nicht in Lorenzos erlösendes Schwert gestürzt? Warum hatten Gineva und Rosa mich aus den Flammen gezogen? Warum war ich nicht in der Hölle verbrannt?

Wie sollte ich weiterleben? Nach allem, was ich getan hatte, war meine Seele für immer verloren. Man hatte mich für tot erklärt und doch hatten Gineva und Rosa alles getan, um mich am Leben zu erhalten. Sie hatten mich der Hölle entrissen, doch wofür? Für ein Leben ohne Namen, ohne Vergangenheit, ohne Zukunft? Ich hatte nichts mehr, nicht einmal Kleidung an meinem Körper. Alles war verbrannt, nur mein Leib nicht. Meine Seele war gefangen in diesem Leben. Die Hölle hatte ich bereits kennen gelernt, sie war mir gewiss, der Himmel würde mir auf ewig versperrt sein.

„Es gibt immer einen Weg", sagte Gineva tröstend. „So gerne ich Euch bei mir behalten würde, so seid Ihr hier doch nicht sicher. Ihr habt viel für die Frauen und das Dorf getan, aber nicht alle sind Euch wohl gesonnen. Ihr seid von edlem Geblüt, ihr könnt nicht unter Bauern leben. Selbst wenn Ihr wolltet, so würdet Ihr doch nie ganz hier her passen. Man gehört zu dem Stand, in den man geboren wurde. Die Gefahr, dass man Euch verraten könnte, ist einfach zu groß."

„Aber wo soll ich hin? Zu meinem Bruder?"

„Auch dort kennt man Euch. Es würden Fragen aufkommen. Wieso habt Ihr überlebt? Und Euer Bruder würde sicherlich Eure Erbansprüche einfordern, was den Mönchen sicher nicht gefallen würde. Es gibt schon jetzt Gerüchte. Jeder wusste, wie schlecht der Baron seine Frau behandelt hat. Auch dass Ihr eine Affäre mit Eurem jungen Verwalter hattet, erzählt man sich. Man vermutet, dass es einen Kampf gab, in dessen Verlauf Luca Euren Mann niedergestochen hat und dann das Feuer legte. Doch warum kam auch er dabei um? Und warum habt Ihr überlebt? Die Narben von Euren Verbrennungen sind der Beweis, dass Ihr anwesend wart, als das Feuer ausbrach. Und wenn nur Ihr überlebt habt, was ist dann wirklich passiert? Man könnte Euch des Gattenmordes anklagen, wenn sich auch niemand wirklich vorstellen kann, wie Ihr das gemacht habt. Aber dann käme schnell noch eine Anklage wegen Hexerei hinzu. Die Mönche werden ihr neu erworbenes Vermögen kaum kampflos wieder hergeben."

„Ja, Du hast Recht, Gineva, mein Bruder darf nie erfahren, dass ich noch lebe." Mir wurde auch klar, dass man Gineva und Rosa als Zeugen benennen würde und sie ahnten was geschehen war. „Vielleicht sollte ich mich selbst stellen, meine Schuld vor einem irdischen Gericht bekennen und meine gerechte Strafe empfangen", sagte ich verzweifelt.

„Auf keinen Fall!", sagte Gineva energisch. „Dann wären meine ganzen Mühen vergeblich gewesen. Und wessen habt Ihr Euch denn schuldig gemacht? Ihr habt Euch nur verteidigt gegen einen Mann, der Euch umbringen wollte. Nein, Enrica, Gott der Herr weiß, dass Ihr in Notwehr gehandelt habt. Ich habe Luca gesehen, er wurde meuchlings und feige ermordet. Lorenzo war ein gemeiner Mörder. Ihr hattet alles Recht der Welt, Euch gegen ihn zu wehren. Nur wird Euch das niemand glauben, denn Ihr steht den Interessen der Mönche im Weg. Sie haben schon Lorenzo überlistet, sie werden alle

Gerüchte gegen Euch verwenden. Sie werden genug Zeugen finden, auch hier im Dorf, die Euch als Ehebrecherin und Gattenmörderin entlarven. Da wird meine Aussage nichts ausrichten können."

Man würde ihr nicht glauben. Man würde sie so lange der peinlichen Befragung unterziehen, bis auch sie gestehen würde, was man von ihr erwartete. Die Mönche würden auch vor Rosa nicht halt machen. Nein, das wollte ich auf keinen Fall.

„Aber wo soll ich hin?"

„Zu Eurem Onkel. Er hat die Macht, Euch ein neues Leben zu geben. Bei ihm seid Ihr sicher."

„Was soll ich denn bei Ihm?"

„So weit ich mich erinnere, war er vor gar nicht so langer Zeit sehr stolz auf seinen Neffen Enrico. Ihr könnt lesen und schreiben, Ihr seid sogar des Griechischen mächtig, Ihr wäret ihm sicherlich eine große Hilfe und Freude." Gineva schmunzelte.

„Oh, Gineva, Du bist verrückt. Das waren ein paar Tage in denen ich ständig Angst hatte, entdeckt zu werden."

„Niemand hat auch nur einen Verdacht gehegt, denn niemand denkt daran, dass eine Frau sich freiwillig als Mönch verkleidet. Die Menschen sehen, was sie sehen wollen. So, wie die Mönche die Baronessa Enrica als Mörderin sehen wollen, so werden sie Enrico, den Neffen des mächtigen Abtes von Montecassino, als jungen Mönch sehen wollen. Zumal er so gebildet ist, wie es eine Frau niemals sein könnte, zumindest in den Augen der Mönche."

„Aber mein Onkel denkt doch bestimmt auch, ich sei tot."

„Anna hat ihren Sohn mit der Nachricht nach Montecassino geschickt, dass Enrico, der Neffe des Abtes, um Aufnahme in das Kloster bittet. Wir bekamen die Antwort, dass Michele, der Socius des Abtes, ihn hier abholen würde."

Michele würde kommen! Ich könnte bei meinem Onkel sein! Vielleicht hatte Gineva recht, vielleicht könnte ich wirklich im Schutz meines Onkels als Mönch leben.

Anna und ihr Sohn wussten also auch von mir. Zwei weitere treue Freunde in Gefahr, wenn man mich entdecken würde. Und wenn ein Mönch in diesem Dorf einen anderen Mönch abholen würde, der zuvor gar nicht da gewesen war… Ich wollte sofort aufbrechen, um Michele entgegen zu reisen, doch meine Schmerzen ließen mich zurück sinken.

Die Zeit, bis Michele kommen würde, schien mir unendlich. Die Erinnerungen an meinen Kampf mit Lorenzo quälten mich Tag und Nacht. War es wirklich Notwehr? War ich nicht doch eine Mörderin? Ich wusste genau mit welchen Gefühlen ich ihm sein Schwert in die Brust gerammt hatte. Da war weniger die Angst, um mein eigenes Leben gewesen, sondern die Sehnsucht nach Rache für alles, was er mir angetan hatte. Ich wollte, dass er endlich aufhört, dass er nie wieder Macht über mich bekam. Ich wollte nie wieder seiner Gewalttätigkeit ausgesetzt sein. Nie wieder.

Luca. Ja, er hatte Luca ermordet. Doch diese Erinnerung blieb seltsam schwach. In jener Zeit, in der Enrica den Tod gefunden hatte und Enrico noch nicht ins Leben durfte, konnte ich mich nicht an den Luca erinnern, den Enrica so sehr geliebt hatte. In jener Zeit verblassten alle Erinnerungen an das Leben, das Enrica einst geführt hatte.

Eines Tagen klopften drei einfache Benediktiner Mönche an die Tür. Sie waren auf der Durchreise nach Montecassino und baten Gineva um eine kleine Mahlzeit für ihre Weiterreise. Der erste Mönch war Michele, der zweite Annas Sohn und der Dritte war Giovanni!

Mein Onkel hatte Tränen in den Augen, als er mich sah. Er wollte mich in seine Arme schließen, doch ich wich zurück. Als er meine Narben an den Armen und Beinen sah, ließ er seinen Gefühlen freien Lauf.

„Oh, Enrica, was hat dieser Teufel Dir nur angetan? Ich hätte Dich damals gleich mitnehmen sollen, als er Dir so viel Gewalt angetan hat." Er schämte sich seiner Tränen nicht. Als er sich wieder beruhigt hatte, sagte er zu Gineva: „Ich danke Dir und Deiner Enkelin für die Rettung meiner über alles geliebten Nichte. Und Dir, Anna, und Deinem Sohn, danke ich ebenfalls für alles, was ihr für Enrica getan habt. Ich würde Euch alle gerne fürstlich belohnen und biete Euch an, mit uns zu kommen. Ich könnte Euch Land in unserer Nähe anbieten, das ihr selbst bestellen könnt."

„Dafür müsstet Ihr uns aus der Herrschaft des Klosters auslösen, zu dem wir gehören", sagte Gineva.

„Das wird kein Problem sein", erwiderte Giovanni.

„Das ist sehr großzügig von Euch, verehrter Abt, doch was würden die Mönche denken, wenn Ihr so großes Interesse an zwei Witwen und ihren Kindern zeigt? Genau an den Frauen, die den Tod der Baronessa bezeugt haben, über die man munkelt, sie hätten etwas zu verbergen, denen man zutraut, selbst das Feuer gelegt zu haben, um alle Spuren zu verwischen. Es würde den schon kursierenden Gerüchten noch mehr Nahrung geben. Bisher haben die Mönche kein Interesse daran, am Tod der Baronessa zu zweifeln, doch wenn Ihr für viel Geld unsere Freiheit erkaufen wolltet, würden sie vielleicht doch misstrauisch werden", gab Gineva zu bedenken. „Wollt Ihr das?"

„Daran habe ich nicht gedacht." Giovanni war ratlos. „Doch, wie kann ich Euch danken?"

„Ich habe die Baronessa nicht gerettet, weil ich mir dadurch Reichtümer erhofft habe. Ich hätte jedem geholfen, der meine Hilfe braucht und dem ich helfen kann. Das ist Nächstenliebe, wie Christus es uns lehrt", sagte Gineva mit einer Bestimmtheit, die meinen Onkel fast in Verlegenheit brachte.

„Auch für mich war es selbstverständlich der Baronessa zu helfen", mischte sich Anna ein. „Die Baronessa hat uns in unserer größten Not selbstlos geholfen. Sie war selbst krank und hat doch die wenigen Vorräte mit den hungernden Menschen geteilt, die an ihre Tür klopften. Diese Menschen waren ihr wahrlich nicht wohl gesonnen, aber das hat sie nicht abgehalten alles in ihrer Macht stehende zu tun, um unsere Not zu lindern."

„Ich verneige mich vor Euren edlen Motiven", sagte Giovanni etwas beschämt. „Und doch bin ich erfahren genug um zu wissen, dass schöne Worte des Dankes keinen satt machen und die nächste Not niemals weit ist. Lasst mich deshalb meinen Dank wenigstens mit ein paar Münzen zum Ausdruck bringen." Er gab Michele ein Zeichen, woraufhin der ein paar kleine klingende Säckchen auf den Tisch stellte.

„Das wird Fluch über uns bringen!" Gineva war nicht erfreut.

„Ich will Dich nicht beschämen, weise Frau, vielleicht brauchst Du dieses Geld nicht, doch denk an die Zukunft Deiner Enkelin." Und an alle gerichtet sagte er: „Wann immer ihr meine Hilfe braucht, zögert nicht nach mir zu schicken, ich werde tun, was in meiner Macht steht und wann immer ihr euch doch von dieser Scholle lösen wollt, empfange ich euch mit offenen Armen. Mein Dank gilt ewiglich."

Wir mussten aufbrechen. Gineva küsste mich auf die Stirn und nahm mir das Versprechen ab, niemals wieder hier her zu kommen. - Gott ließ mich auch dieses Versprechen brechen. - Wie versteinert verabschiedete ich mich von allen. Die Tränen, die meine Seele weinte, konnte ich nicht zeigen. Es war, als ob ich mich von Fremden verabschiedete.

Man gab mir die Kutte, die Annas Sohn getragen hatte. Michele schnitt mir die Haare und rasierte mir eine Tonsur. Mit dieser Frisur erwachte Enrico zum Leben. Es war, als ob Enrica damals bei der Geburt gestorben wäre und nicht Enrico. Die Schwester war nur noch die Sehnsucht des Bruders. Sie lebte nur noch in der Fantasie des Bruders, der sich fragte, was wohl aus ihr geworden wäre, wenn sie statt seiner überlebt hätte. Was hätte sie für ein Leben gelebt? Hätte sie geheiratet? Hätte sie Kinder bekommen? Wäre sie glücklich geworden? Enrico dagegen, war seinem Onkel gefolgt. Schon als Kind waren seine Begabungen so offensichtlich, dass nur das Leben eines Mönches in Betracht kam. Er war interessierter als seine Brüder, er liebte das Lesen, liebte die Diskussionen mit seinem Onkel, er wollte studieren. Und seine Eltern gaben ihn gerne in die Obhut seines Onkels.

Drei einfache Mönche verließen unbehelligt dieses Dorf. Es waren Michele, Giovanni und Enrico, sein Neffe.

„Gott ist Möglichkeit und Wirklichkeit in Einem."
Thomas von Aquin

Giovanni gab mir eine kleine Kammer in seinem Haus, dem Haus des Abtes. Man sagte den Mönchen, ich sei sein Neffe und lange auf Wanderschaft gewesen. Auf dem Weg hierher sei ich von Räubern überfallen und fast zu Tode gekommen.

In der ersten Zeit nach dieser anstrengenden Reise blieb ich fast ausschließlich in meinem Bett. Michele versorgte mich. Erst nach und nach nahm ich am Leben im Kloster teil.

„Bleib immer in meiner oder Micheles Nähe und lass keinen dieser eifersüchtigen Mönche zu nah an dich heran kommen", warnte mein Onkel mich.

„Aber warum sollten sie eifersüchtig sein?"

„Du lebst in meiner unmittelbaren Nähe, genießt mein ganzes Vertrauen. Diese Position hatte bisher nur Michele inne und er hat mir immer die Treue gehalten, hat sich nicht von ihnen benutzen lassen, war in keinster Weise bestechlich. Nun hat sich der Kreis meiner Vertrauten erweitert und man wird ausprobieren, ob nicht Du vielleicht zugänglicher bist. Sicherlich erhofft sich mancher dieser Brüder einen Vorteil, wenn er sich gut mit Dir stellt – zumal Du mein *Neffe* bist." Giovanni lachte süffisant.

„Aber ich bin doch Euer Neffe!"

„Natürlich bist Du das. Das weiß ich, das weißt Du und das weiß auch Michele, aber die anderen glauben es nicht."

„Und warum nicht?" fragte ich völlig ahnungslos.

„Wenn ein Abt einen Neffen hat, der mit ihm lebt, dann wissen alle Mönche, was damit gemeint ist."

„Und was ist damit gemeint?"

Giovanni blickte flehend zu Michele. Dieser erbarmte sich und erklärte: „Enrico, nicht alle Mönche leben so keusch, wie sie sollten, auch nicht alle Äbte."

„Ihr meint…sie denken…Giovanni und ich…" So langsam dämmerte mir, was die beiden mir sagen wollten.

„Ich fürchte ja, das denken die anderen über Euch." Michele sah mich mitleidig an. „Und dann, fürchte ich, seid Ihr in den Augen der Mönche sehr attraktiv. Einen so zarten und bartlosen Jüngling sieht man selten. Wenn Ihr nicht aufpasst, werden sich manch erfahrene Hände in Eure Kutte verirren, auf der Suche nach der zarten Haut, die Euer junges Gesicht verspricht. Also hütet Euch vor zu viel Nähe!"

Ich war auf der Hut. Das Leben im Kloster war bestimmt von den Stundengebeten, die unseren Tag einteilten. An diesen Rhythmus konnte ich mich nur schwer gewöhnen und ich erinnerte mich dunkel, dass es einst einen Jungen hier in Montecassino gegeben haben soll, der sich auch nie daran gewöhnen konnte. Glücklicherweise war mein Onkel der Abt und er nahm sich oft die Freiheit, nicht zu allen Gebeten zu gehen, da ihn wichtige Geschäfte davon abhielten, was auch mich von dieser Pflicht befreite. Denn schließlich war es meine Aufgabe, ihm wie ein Schatten zu folgen.

Giovanni hatte längst die alten griechischen Kirchenakten übersetzt, um die Thomas von Aquin ihn gebeten hatte. Sehr zu seiner Freude war ein reger Briefwechsel mit Reginald entstanden, den er mir zum Lesen gab. Reginald hatte in Thomas' Namen die Einladung nach Neapel erneuert, mehrfach nach Enrico gefragt und das Angebot, seine Ausbildung in Neapel fortzuführen, bekräftigt.

„Ich glaube Reginald von Piperno ist froh, dass ich mich so hartnäckig weigere, meinen Neffen nach Neapel zu schicken"; lachte mein Onkel, „auf diese Weise hat er seinen Bruder Thomas ganz für sich."

„Glaubt Ihr, dass auch Thomas und Reginald…?" fragte ich vorsichtig.

„Denkbar wäre es, aber ich glaube es eigentlich nicht.

Dieser Magister Thomas nimmt alles sehr genau und er macht mir nicht den Eindruck, als ob der den Freuden des Körpers genug Aufmerksamkeit schenken würde. Er ist mir zu vergeistigt, er bleibt zu sehr in seinen Gedanken, denkt zu intensiv an die erhoffte Erleuchtung, als dass er erkennen könnte, was um ihn herum geschieht."

„Sagtet Ihr nicht, er sei gut beleibt?" fragte Michele. „Dann liebt er doch zumindest gutes Essen."

„Das könnte man meinen", nickte Giovanni, „er stopft zwar große Mengen in sich hinein, aber er ist beim Essen so in Gedanken, dass er sich dessen wohl gar nicht bewusst ist."

Das war auch meine Beobachtung gewesen. Dieser Magister Thomas war immer in Gedanken. Zwar betete er intensiv und dankte Gott inbrünstig für all die Gaben und Speisen, die ihm vergönnt waren, doch er aß ohne Genuss, er aß, weil es an der Zeit war zu Essen und er aß viel, weil er schnell aß, so schnell wie seine Gedanken in seinem Kopf umher gingen. Manchmal stockte sein Kauen und ich hatte den Eindruck, dass er gerade eine seiner vielen Erkenntnisse hatte. Doch schon stopfte er sich den nächsten Bissen in den Mund und seine Gedanken gingen schnell kauend zum nächsten Problem.

„Dann hat Reginald keinen Anlass zur Eifersucht", meinte auch Michele.

„Das sollte man meinen, aber ich habe ihn beobachtet, als Enrico seinen Thomas zum Nachdenken brachte, das hat ihm nicht gefallen." Mein Onkel grinste mich an. „Thomas hat vielleicht kein Interesse an einem schönen Jüngling, aber sicherlich an einem interessanten Gedankenaustausch."

„Aber warum sollte Reginald darauf eifersüchtig sein?" fragte ich.

„Thomas von Aquin ist ein bedeutender Mann und sein Socious zu sein ist eine große Ehre und gibt Reginald ebenfalls eine gewisse Bedeutung. Die beiden verstehen sich sehr gut und ich vermute, dass Reginald bisher sein bester Gesprächspartner war. Und nun kommt so ein junger Mönch daher, der des Griechischen mächtig ist und Fragen stellt, auf die dieser berühmte Magister so schnell keine Antworten findet. Zu allem Überfluss findet der berühmte Thomas von Aquin auch noch Gefallen daran! – Was soll aus Reginald werden, wenn Enrico nun der bevorzugte Gesprächspartner wird?"

Erschrocken sah ich zu Michele. Hatte ich etwa seine Position als bester Gesprächspartner bei meinem Onkel gefährdet?

„Keine Sorge, junger Enrico, ich bin froh und dankbar, dass Ihr nun hier seid und mich damit entlastet", lachte er. „Die Dispute mit Eurem Onkel erschöpfen mich immer schnell. Eure Anwesenheit ist ein Segen für uns alle."

„Genau und deshalb werde ich meinen Neffen auch für immer bei mir behalten."

„Reginald von Piperno braucht keine Sorgen zu haben, ich habe nicht vor, dem Bettelorden der Dominikaner beizutreten, die Benediktiner sind mir lieber!" sagte Enrico mit einem Brustton der Überzeugung, den er eines Tages verraten würde.

Damals war ich Enrico. Ganz und gar. Das Leben im Kloster, das als Neffe des Abtes, ein sehr privilegiertes Leben war, war absolut sorglos. Ich hatte keinerlei Pflichten, konnte lesen und studieren so viel ich wollte, konnte meinen Onkel überall hin begleiten. Wir übersetzten gemeinsam weitere Schriften aus dem Griechischen und ich weiß noch, wie sehr ich die Dispute mit meinem Onkel genossen habe. Michele war wirklich froh, sich immer wieder zurückziehen zu können, wenn wir noch lange und ausgiebig über die alten heidnischen Philosophen diskutierten. Ich kann mich nicht erinnern in jener Zeit auch nur eine einzige Mensis gehabt zu haben, so sehr war ich zu Enrico, dem Mönch geworden.

Ich habe mich oft gefragt, ob mein Onkel irgendwann einfach vergessen hat, dass ich nicht sein Neffe war. Vielleicht war es ihm auch egal, welches Geschlecht ich unter meiner Kutte verbarg. Er hatte mich immer geliebt, hatte nie einen Unterschied zwischen seinen Neffen und seiner Nichte gemacht. Manchmal hatte ich das Gefühl, er bevorzugte mich, aber nicht, weil ich ein Mädchen war, sondern weil ich seine Interessen teilte. Uns hatte schon immer etwas verbunden, was für andere nicht sichtbar wurde. Es war der Gleichklang unserer Seelen. Wäre ich ein Junge gewesen, wäre ich ihm sicherlich ins Kloster gefolgt. Als Mädchen hatte ich diesen Gedanken nie ernsthaft in Erwägung gezogen. Und doch war es nun so, als ob ich niemals ein anderes Leben gelebt hätte. Vielleicht war es auch für meinen Onkel so, dass er schon immer diesen Neffen Enrico gehabt hatte und irgendwann war es so selbstverständlich, dass wir beschlossen nach Neapel zu fahren und diesem Thomas von Aquin einen weiteren Besuch abzustatten.

„Wir sollten uns das Vergnügen gönnen und ein paar von seinen berühmten Vorlesungen zu besuchen", sagte mein Onkel mit strahlenden Augen. „Er hat doch angeboten, Deine Ausbildung fort zu führen, Enrico. Nehmen wir also sein Angebot an. Aber wenn er glaubt, ich würde Dich bei ihm lassen, dann hat er sich getäuscht. Er bekommt nur uns beide oder keinen!"

„Nicht jeder, der von einem Engel erleuchtet wird, erkennt, dass er von einem Engel erleuchtet wird."
Thomas von Aquin

„Was will dieses Weib?" Thomas schien sehr aufgebracht zu sein. Seine Stimme war so laut, dass ich erschrak, als wir in seine Studierstube eintraten. Reginald stand mit dem Rücken zu uns und sprach laut gegen ein Bücherregal, hinter dem wir Thomas vermuteten.

„Sie bittet Euch um Hilfe in der Frage der Juden." Reginald versuchte zu beruhigen. „Sie hat acht konkrete Fragen, die ihr auf dem Gewissen liegen und bittet Euch um Rat."

„Dafür habe ich keine Zeit. Sie soll sich an jemanden wenden, der darin besser bewandert ist."

„Sie ist nicht irgendein Weib, sie ist die Gräfin von Flandern. Wir trafen sie auf dem Generalkapitel in der Stadt Valenciennes, die zu ihrer Grafschaft gehört. Ihr erinnert Euch sicherlich."

„Dann beantwortet Ihr in meinem Namen diesen unnötigen Brief, Reginald."

„Das würde ich sehr gerne tun, aber ich fürchte, das würde sie Euch verübeln."

„Sie ist ein Weib!" schrie Thomas.

„Und sie ist die Tochter Baldwins I, dem ersten lateinischen Kaiser von Konstantinopel. Ihr könnt Margareta von Konstantinopel, Gräfin von Flandern nicht ignorieren und damit zum Ausdruck bringen, dass Euch ihre Gewissenskonflikte nicht interessieren!" Reginald wurde nun auch lauter.

Thomas kam hinter einem Regal hervor. Als er uns sah, hellte sich seine Miene auf und er reichte mir sofort die Hand. Meinem Onkel schenkte er kaum ein Nicken. Reginald dagegen begrüßte meinen Onkel sehr herzlich und blickte säuerlich auf meine Hand, die Thomas gar nicht mehr los lassen wollte.

„Die Gräfin von Flandern?" fragte mein Onkel überaus freundlich, um das unerquickliche Schweigen zu beenden.

„Kennt Ihr sie?" nahm Reginald gerne die Unterhaltung auf.

„Ich bin ihr nie persönlich begegnet, aber ich hörte, sie sei eine große und schon seit vielen Jahren beständige Wohltäterin Eures Ordens."

„Und genau aus diesem Grunde müsst Ihr diesen Brief persönlich beantworten!" sagte Reginald energisch zu Thomas.

„Dann setzt ein paar Zeilen auf, die ich später *persönlich* abschreiben werde." Zu mehr schien Thomas von Aquin nicht bereit.

„Was ärgert Euch so sehr an diesem Brief?" wollte ich wissen.

„Ich habe keine Zeit für Weibergewäsch", sagte er freundlich zu mir und hielt meine Hand nun mit beiden Händen. „Erzählt mir lieber wie es mit Euren Studien voran geht."

„Verzeiht meine Einmischung, verehrter Magister, aber man sagt, die Gräfin sei eine sehr gebildete Frau und um eine gerechte Regierung in ihrem Land bemüht." Mein Onkel versuchte Reginald zu helfen, was dieser mit einem entschiedenen Nicken bestätigte.

„Dann gefällt es Euch bestimmt Reginald bei der Beantwortung dieses Briefes zu helfen, verehrter Abt Giovanni." Meine Hand fest in den seinen zog er mich weg und ging mit mir hinter das Bücherregal, hinter dem er zuvor gewesen war.

„Was hat er gegen die Gräfin?" hörte ich meinen Onkel Reginald fragen.

„Er meidet die Gegenwart von Frauen", erklärte Reginald sachlich, doch dann rief er so laut, dass Thomas es hören konnte: „Dabei hat er schon einmal eine ganze Nacht mit einem stattlichen Weibsbild verbracht!"

Thomas wurde rot. Erst vor Zorn über diese Indiskretion, dann vor Scham. Er ließ meine Hand los und setzte sich schwerfällig auf einen Stuhl.

„An Eurem Blick erkenne ich, dass Euch diese Geschichte nicht unbekannt ist", sagte Thomas resigniert zu mir. „Das wird mich wohl mein Leben lang verfolgen. Dabei war alles ganz anders als man es sich erzählt."

Mein Onkel hatte mir von der Entführung durch seine Familie geschrieben, nachdem er dem Dominikaner Orden beigetreten war. Später hatte er auch von der List der Brüder erzählt, mit der sie Thomas zur Umkehr in den Benediktiner Orden bringen wollten. Sie hatten ihn mit einer jungen freizügigen Frau eingesperrt und hofften, sie würde ihn verführen, doch er soll widerstanden haben.

Thomas nahm wieder meine Hand und ging mit mir ein paar Regale weiter, wo wir ungestört waren. Er erzählte leise:

„Ja, es ist richtig, meine Brüder hielten mich ein ganzes Jahr auf unserer Burg gefangen. Sie wollten mich dazu bringen wieder die Kutte der Benediktiner zu nehmen und ja, es ist richtig, sie versuchten auch, mich in Versuchung zu führen. Ich erinnere mich noch gut an das Lachen, mit dem mein Bruder Landulf die Tür zu meiner Zelle aufschloss und der nicht mehr ganz jungen Frau zurief: *Sophia, mach aus diesem Ochsen einen Bullen!*' - Ich ärgerte mich über dieses Wortspiel. - Er schloss wieder ab und ließ mich allein mit ihr. Niemals zuvor in meinem Leben hatte ich eine solche Angst. Sophia kam mir gefährlich nahe, aber sie war –Gott sei es gedankt – sehr hungrig und so machte sie sich zuerst über das Essen her, das auf meinem Tisch stand. Der Wein schmeckte ihr besonders gut und schnell merkte ich, wie sie müde davon wurde. Als sie ihr Überkleid auszog und sich aufreizend auf das Bett legte, verstand ich zum ersten Mal, was Augustinus meinte, als er sagte ‚ES habe seinen eigenen Willen.'"

Thomas errötete, sah mich unsicher an, dann schien

er sich einen Ruck zu geben und sagte: „Verzeiht mir meine ausführliche Beschreibung dessen, was nun kommt, lieber Enrico. Ich habe noch niemals zuvor darüber gesprochen, aber ich weiß, Ihr seid der Einzige, der verstehen kann, welche Offenbarung mir in jener Nacht zuteil geworden ist. – Nun, also, Sophia lag in ihrem Unterkleid, das mehr entblößte als verhüllte, mit leicht geöffneten Beinen auf meinem Bett. Und obwohl ich den Herrn um Hilfe bat, wölbte sich meine Kutte an der entsprechenden Stelle, was Sophia natürlich nicht entging. Sie spreizte ihre Beine noch weiter auseinander und obgleich ich mich mit leisen Gebeten dagegen wehrte, erfasste meinen Leib ein Verlangen, das ich fast nicht zügeln konnte. Ja, Augustinus hatte Recht, ES hat seinen eigenen Willen. Mein Wille schien machtlos dagegen. Ich versuchte, IHN mit Worten zu überzeugen, mit Zitaten aus der Bibel, (er blickte hilflos nach unten auf seinen Schoß) doch Sophia lachte nur und sagte: ‚Was ich Euch lehren kann, steht nirgends geschrieben und glaubt mir, in der Ekstase werdet Ihr Gott erkennen!'

Es war immer mein Bestreben, Gott zu erkennen, aber nicht auf diesem Weg. Nein, gewiss nicht. Gott hat mein Ringen belohnt und mir den Wein in jener Nacht als Hilfe an die Hand gegeben. Sophia verlangte nach mehr Wein und ich brachte es über mich, an das Bett zu treten und ihren Becher nachzufüllen. Sie wurde redselig und erzählte von den glücklichen Nächten, die sie mit ihrem verstorbenen Mann verbracht hatte. Nach einem weiteren Becher Wein begann sie zu weinen und schließlich schlief sie ein. Meine Angst ließ nach.

Aus den Ereignissen dieser aufregenden Stunde habe ich tiefe Erkenntnisse gewonnen. Gott hat mir diese unglückliche Frau geschickt um mich zu prüfen, gewiss, und als Belohnung für mein Widerstehen, schenkte er mir die Einsicht in das Wesen der Sexualität."

Er atmetet tief ein und aus, sammelte seine Gedanken und sagte liebevoll zu mir: „Morgen halte ich eine

Vorlesung über dieses Thema, ich hoffe Ihr nehmt daran teil. Aber ich will Euch eine kurze Zusammenfassung dieser Erkenntnisse geben: Die Sexualität dient natürlich in erster Linie der Fortpflanzung, doch an zweiter Stelle dient sie auch der Vereinigung von Mann und Frau, stärkt das Band zwischen ihnen. Und wenn beide Ziele voran gehen, dann hat auch die Lust ihren Zweck und ist Teil der Sexualität."

Er atmete wieder schwer.

„Diese tiefe Einsicht in Gottes Werk verdanke ich also jener unglückseligen Nacht, über die meine Brüder noch heute ihre Possen reißen. Als ich meine Erkenntnisse niedergeschrieben hatte, wollte ich Gott dafür danken. Ich nahm den Schürhaken aus dem Feuer, malte ein Kreuz an die Wand und ging auf die Knie. In diesem Moment kam mein Bruder herein und erkannte, dass ich widerstanden hatte. Doch er verstand nicht, dass ich Gott für seine Offenbarung zur Sexualität danken wollte. Er rief: ‚Da dankt er Gott auf Knien und mit dem Schürhaken in der Hand für seine ewigliche Jungfräulichkeit! Dieser dumme Ochse'."

> „Was immer ein endliches Wesen begreift, ist endlich."
> Thomas von Aquin

Es war die Zeit vor dem Fronleichnamsfest. Papst Urban IV hatte es erst Anno 1264 zum Fest der Gesamtkirche erhoben und gleichzeitig Thomas von Aquin beauftragt eine eigene Liturgie für Stundengebet und Messe zu schreiben. Diese Hymnen begleiteten unseren Aufenthalt in Neapel und ich erinnere mich, wie tief Thomas in diesen Gesängen versank. Vor allem im Sakrament der Eucharistie fühlte er sich Gott besonders nahe. In der Hymne ‚Adoto te devote' beschrieb er, wie man sich diesem Mysterium nähern kann. Ich war beeindruckt von seinen Worten und die Zeile ‚me immundum munda tuo sanguine' (mach mich Unreinen rein durch dein Blut) hat sich für immer in mein Bewusstsein gebrannt. Und doch muss ich gestehen, dass ich Gott niemals in diesen Hymnen begegnet bin. Vielleicht hat sich Gott mir niemals offenbart, vielleicht war ich von Anfang an seiner nicht würdig. Damals jedoch sang ich diese Worte und hoffte, durch sie Gott zu begegnen, so wie Thomas ihm offenbar täglich begegnete. Seine Stimme war hell und klar, sein Gesang schien direkt aus seiner Seele zu kommen und er war erquickt, als die Messe vorbei war und wir zur Vorlesung gingen.

An jenem frühen Morgen war ich aufgeregt und voller Freude ein Teil dieses Gelehrtenlebens zu sein. All die jungen Mönche, die in den Saal strömten, um diesen berühmten Magister zu hören, damit sie später seine Lehren in die Welt tragen konnten. Mein Onkel war nicht aufgeregt, aber sichtlich guter Laune. Er genoss diese lebendige Atomsphäre auf seine Weise. Wir setzten uns ganz hinten in die letzte Reihe.

Bald kehrte Ruhe ein und Thomas sprach laut und deutlich, seine Stimme beherrschte das ganze Auditorium. Zunächst fasste er noch einmal den Inhalt der letzten

Vorlesung zusammen und ich freute mich, so viel Wissen so schnell zu verstehen. Dann begann er ein neues Thema. Es ging – daran erinnere ich mich noch sehr genau – um „Die Erhaltung der Art". Seine Wortwahl war so umständlich, dass ich mich sehr konzentrieren musste, um seinen Gedanken folgen zu können. Er unterteilte dieses Thema in verschiedene Artikel und in noch mehr Einwände zu jedem Artikel. Anfangs fand ich alle seine Ausführungen logisch und nachvollziehbar und war bereit, ihm bei allem zu zustimmen. Doch er brachte immer neue Einwände und Zitate, dass ich ziemlich schnell den Faden verlor. Als er schließlich sagte: „Ich aber antworte" und damit endlich seine eigene Meinung zu diesem Thema erläuterte, wusste ich schon nicht mehr, was er am Anfang überhaupt gefragt hatte. Diese Lehrmethode verwirrte mich völlig.

Erst viele Jahre später, als ich im Scriptorium seine Schriften kopierte, konnte ich über jedes Wort, das ich langsam und in Schönschrift zu Pergament brachte, in Ruhe nachdenken und seine Gedankengänge schließlich doch noch verstehen. Aber ich habe niemals verstanden, warum dieser geniale Denker, der immer das Wesentliche erkannte, immer die Essenz suchte, um Gott zu verstehen, so fern es einem Menschen überhaupt möglich ist, Gott zu verstehen, warum dieser herausragende Magister so viele Worte über Gedanken verlor, die offensichtlich Unwesentlich, also in seinem Sprachgebrauch akzidentell waren. Warum kam er nicht gleich auf die richtige Antwort? Warum hat er den in seinen Augen unrichtigen Argumenten so viel Raum gegeben? Wollte er damit seinen Gegnern Respekt zollen? Oder wollte er ihnen beweisen, dass er ihnen weit überlegen war? Diese Eitelkeit konnte ich nicht bei ihm beobachten. Es ging ihm immer um die Wahrheit, und die Scholastik, wie diese Denkweise von den Gelehrten genannt wird, beharrt nun einmal auf dieser Methode. Thomas beherrschte diese Methode wie kein anderer seiner Zeitgenossen und ich verstand später gut, warum er so oft angefeindet wurde. Niemand hatte so viel Wissen, konnte so viele Argumente widerlegen wie er, ehe er seine eigenen, logischen und oft unwiderlegbaren Gedanken präsentierte. Nicht nur ich hatte Probleme seinen Ausführungen zu folgen, es ging den meisten seiner Zuhörer so. Diese Methode ist geeignet um auch den Gelehrtesten unter den Gelehrten zu verwirren. Und selbst, um seine Schriften zu verstehen braucht es viel Zeit und Geduld. Vielleicht war das der Grund, warum nur sehr wenige ihn wirklich verstanden und sein Werk nach seinem Tod verfemt wurde.

Aber damals in Neapel, in jener frühen Vorlesung war es mir nicht möglich, diesem Magister gedanklich zu folgen. Mein Onkel, der meine Verwirrung erkannte, schmunzelte und flüsterte mir zu: „Nun kannst Du verstehen, warum ich damals in Paris nichts sagen wollte." Ja, nun konnte ich ihn verstehen. Diese Art des Disputes war geeignet jeden zu verwirren, der sie nicht beherrschte. Und Thomas beherrschte diese Denkweise aufs Beste. Die meisten der Studenten schrieben alles mit, blieben aber stumm, als Thomas zu einer Diskussion aufforderte. Nur ganz vereinzelt kamen Nachfragen.

„Die haben bestimmt alles schon vorher gelesen", raunte mir mein Onkel zu. „Mach Dir keine Gedanken, wir lesen alles später."

Aber dann wurde es doch noch interessant und seltsamerweise konnte ich bei diesem Thema ohne Probleme folgen. Thomas fragte seine Studenten: „Was ist das Wesen, die Essenz der Sexualität? Welchen Zweck hat Gott mit der Erschaffung der Sexualität verfolgt?" Dank seiner Erklärung vom Vortag wusste ich die Antwort und wollte mich auch schon melden, doch mein Onkel hielt meinen Arm fest. Er hatte Recht, wir waren nur Gäste und es war besser, nicht aufzufallen.

Bei diesem Thema waren auch alle anderen Studenten sehr interessiert und mir wurde auf einmal klar, warum diese Vorlesung so gut besucht war. Tatsächlich wussten einige, was Thomas mir bereits erzählt hatte:

Die Sexualität hat vor allem anderen den Zweck der Fortpflanzung. Da waren sich alle einig.

Ihr zweiter Zweck dient dazu, Mann und Frau enger aneinander zu binden. Sexualität kann auch zwei Menschen in Liebe zueinander vereinen. Sexualität kann das liebende Band zwischen Mann und Frau stärken. – Dies war ein sehr gefühlvoller Gedanke für einen Mönch, der sein Leben der Enthaltsamkeit verschrieben hatte und die Gesellschaft von Frauen mied. – Die jungen Mönche nahmen dies als eher Unwesentlich zur Kenntnis.

Der dritte Zweck, die Lust, wurde dagegen sehr heftig diskutiert. Sie führten vor allem Augustinus ins Feld, der sagte, dass erst mit dem Sündenfall die Lust den Geschlechtsakt befleckte. Vorher sei die Fortpflanzung eine Sache des Willens gewesen und damit völlig leidenschaftslos. Die Lust sei daher die Sünde an sich.

Thomas widersprach lächelnd. Im Gegenteil, es sei eine Sünde, sich ihr zu verweigern. Wenn alle zuvor genannten Bedingungen erfüllt wären, wenn also der Zweck der Fortpflanzung und die Ehepartner in Liebe einander zugetan seien, dann widerspräche die im Geschlechtsakt empfundene Lust nicht der Tugend. Und eigentlich sei erst dann der Geschlechtsakt im eigentlichen Sinne göttlich, also von Gott so gewollt. Er beharrte darauf, dass alle drei Bedingungen erfüllt sein müssten, damit der Zweck der Sexualität erfüllt sei, wie Gott sie geschaffen habe.

Diese jungen Männer, die gelobt hatten, niemals irgendwelche sexuelle Erfahrungen zu machen, diskutierten die Frage, ob die Lust nun von Gott gewollt war oder doch eine Sünde sei, wie Augustinus es stets vertreten hätte, mit einer Leidenschaft, als ob ihr ganzes Leben davon abhängen würde. Manche schimpften Thomas einen Ketzer und verließen entrüstet die Vorlesung. Andere waren begeistert von diesem neuen Gedanken, der ihnen revolutionär erschien. Mein Onkel amüsierte sich köstlich. „Und was sage ich nun meinen Schäflein?" fragte er mich flüsternd mit einem Augenzwinkern. „Darf ich ihnen erlauben, Lust dabei zu empfinden? Oder soll ich ihnen Augustinus als Vorbild geben? Dann muss ich ihnen aber verschweigen, dass dieser Augustinus sich als junger Mann der Lust ausschweifend hingegeben hat und erst als alter Mann die Meinung vertrat, dass die Lust die Strafe für den Sündenfall ist."

„Liebster Onkel, diese Vorlesungen bringen Euch immer in neue Gewissenskonflikte, vielleicht solltet Ihr keine weiteren mehr besuchen", kicherte ich.

Plötzlich wurde es wieder still im Auditorium. Thomas ging zum nächsten Thema über: Die Sünden, die sich daraus ergeben.

Er begann mit den Sünden gegen die rechte Vernunft. Da sei zuerst die Unzucht zu nennen, denn sie verstößt gegen die zweite Essenz. Zwar kann es dabei um Fortpflanzung und Lust gehen, doch ein unverheiratetes Paar begeht damit eine Sünde. Diese Sünde kann aber durch eine spätere Heirat wieder „geheilt" werden.

Zweitens der Ehebruch: auch hier wird die zweite Essenz, die Verbundenheit der Eheleute verletzt. Sicher kann es auch hier um Fortpflanzung gehen und sicher ist die Lust dabei, doch diese Sünde sei schwerer als die Unzucht, denn es werde auch gegen das 6. Gebot verstoßen und eine spätere „Heilung" durch einen Ehebund sei nicht möglich.

Als Drittes nannte er die Vergewaltigung, da sie gegen zwei Ziele der Sexualität verstößt. Zwar kann es um Fortpflanzung gehen, doch das Paar ist nicht verheiratet und von der Lust kann auch nicht ausgegangen werden.

Bis dahin konnten und wollten alle verbliebenen Studenten ihrem Magister folgen. In mir regte sich bereits ein erster Unmut.

Dann kam er zu den Sünden wider die Natur. Diese seien weitaus schwerwiegender als die Sünden gegen die

Vernunft.

In schneller Reihenfolge nannte er Onanie, Anal- und Oralverkehr, Coitus interruptus, Verkehr mit Tieren und die Homosexualität. Mir schien, er wollte diese Praktiken der fleischlichen Liebe nicht weiter ausführen, vielleicht, um die Gedanken dieser jungen und noch reinen Seelen nicht zu verderben. Doch gerade bei diesem Thema flüsterten und raunten die Studenten sich ihre entfesselten Gedanken zu, so dass ein Weiterlesen nicht möglich war. Also fragte er: „Warum sind diese Sünden schwerer als die Sünden gegen die Vernunft?"

Schweigen.

„Aber sie erfüllen doch die dritte Essenz der Sexualität, die der Lust." Eine dünne Stimme getraute sich, das zu sagen.

„Ja, junger Freund, Ihr habt Recht, sie erfüllt diese dritte Essenz und genau darin liegt auch die Sünde. Sie erfüllt eben nur die Essenz der Lust und nichts weiter. Die Möglichkeit der Fortpflanzung, die der Hauptzweck der Sexualität ist, ist nicht gegeben und die Essenz der Ehe ist auch nicht gegeben. Der Zweck der Lust ist der am wenigsten Wichtige und daher ist alles, was aus reiner Lust praktiziert wird, eine schwere Sünde."

Das Raunen wurde lauter. Ja, zur Masturbation benötigt man keinen Ehepartner und Sodomie geschah meist zwischen Männern. Einige der Studenten waren enttäuscht. Die Erlaubnis der Lustempfindung bei der fleischlichen Liebe hatte bei manchen vielleicht die Hoffnung auf eine Erneuerung der strengen Sexuallehre geweckt. Diese Hoffnung war vergeblich. Im Gegenteil, mit dieser Definition der Essenz der Sexualität, wie Gott sie erschaffen hat und ihrer daraus logischen folgenden Sünden, hatte Thomas allen Anwesenden die strenge Lehre der Kirche verdeutlicht. Dagegen konnte man nichts vorbringen, diese Gedanken waren vernünftig und nicht widerlegbar.

Mein Onkel lehnte sich erschöpft zurück und schloss

die Augen. Tränen rannen über sein Gesicht, die er in den Ärmeln seiner Kutte verschwinden ließ.

Auch ich schloss für einen Augenblick die Augen. Es kamen Bilder von Lorenzo und Enrica in mein Bewusstsein, wie dieser Mann die Ehe mit seiner Frau vollzogen hatte. Nach allem, was Thomas von Aquin soeben ausgeführt hatte, war dieser Vollzug im göttlichen Sinne gewesen. Es ging in erster Linie um die Fortpflanzung. Lorenzo und Enrica waren verheiratet gewesen und zumindest Lorenzo hatte Lust dabei empfunden.

Dann sah ich Enrica und Luca und konnte noch etwas von der Lust spüren, die sie einst umschlungen hatte. Auch bei Luca und Enrica war es um die Fortpflanzung gegangen, wenn auch nicht vorrangig. Zu aller erst war da das liebende Band zwischen ihnen gewesen, dann hatte sich Enrica ein Kind von Luca gewünscht und dabei hatte die Lust beide erfasst und ihrer Vereinigung etwas Göttliches verliehen. Und doch war es eine schwere Sünde, denn Enrica war verheiratet gewesen und damit hatten sie nicht nur gegen die zweite Essenz, sondern auch noch gegen das 6. Gebot verstoßen. Vielleicht hätte diese Sünde geheilt werden können, wenn Lorenzo im Heiligen Land geblieben wäre, doch es war ja noch schlimmer gekommen...

Schnell öffnete ich wieder meine Augen. Mein Onkel war noch immer in seinen eigenen Gedanken vertieft. Die Studenten diskutierten untereinander, obwohl alles klar und deutlich war. Ich erhob meinen Arm und Thomas erteilte mir erfreut das Wort: „Wenn ich Euch richtig verstehe, verehrter Magister, dann ist Masturbation eine schwerere Sünde als die Vergewaltigung einer Frau?"

Er nickte. „Ich sehe, junger Freund, Ihr habt das Prinzip verstanden. Aber das ist es nur innerhalb dieser einen Betrachtung, in der wir uns gerade Befinden. Die Vergewaltigung einer Frau ist eine Gewalttat, ein Verbrechen und daher auf zweifache Weise eine Sünde."

Wieder erhob sich das Murmeln, aber ich hörte aus den geflüsterten Worten, dass die Entrüstung der Mönche über diese Erkenntnis eine andere war, als die meine. Mein Mitgefühl galt den Frauen, deren Leid nach dieser Definition als gering eingestuft wurde. Die jungen Mönche waren entsetzt über die Erkenntnis, dass Homosexualität eine so schwere Sünde war.

"Auf zweifache Weise wird die Gerechtigkeit verdorben: durch die falsche Klugheit der Weisen und durch die Gewalt dessen, der die Macht hat."

Thomas von Aquin

Jeder in seine Gedanken vertieft, gingen mein Onkel und ich schweigend zum Stundengebet. Unser Gesang war leise und gedrückt. Beim anschließenden Mittagessen waren wir froh über das Schweigen, das einzuhalten war. Thomas, offenbar in bester Stimmung, blickte immer wieder ermunternd zu mir herüber, was Reginald mit offensichtlichem Missfallen registrierte. Mit diesem Missfallen in seinem Ton bat Reginald mich anschließend, in das private Studierzimmer von Thomas zu kommen.

Lächelnd kam er auf mich zu, nahm meine beiden Hände und drückte sie herzlich. Wir setzten uns an seinen Tisch, auf dem neben Büchern, Pergament und Stiften auch Wein und ein Korb mit Brot standen.

„Ich habe versprochen, Eure Ausbildung hier in Neapel zu komplettieren und habe mir daher eine Stunde für Euch alleine frei gehalten. Was immer Euch interessiert, fragt es mich."

Dieses Angebot kam überraschend, denn ich hatte nicht damit gerechnet, alleine mit ihm zu sein. Ich wusste nicht, was ich ihn fragen sollte, meine Gedanken weilten noch immer bei dem Thema vom Vormittag. Als ich schweigend da saß und ihn hilflos ansah, fragte er: „Was geht in Eurem schlauen Kopf vor? Ich glaube nicht, dass Eure Gedanken so still sind, wie es Eure Zunge im Moment ist. Raus mit der Sprache!"

„Bitte verzeiht meine Unwissenheit, aber mich beschäftigt noch immer die Sache mit der Vergewaltigung der Frau. Was ist, wenn ein Ehemann seine Ehefrau vergewaltigt, ist das nicht auch eine Sünde?"

Er lachte. „Aber nein, junger Enrico, wie kommt Ihr

denn darauf? Wenn ein Mann seiner Frau beiwohnen will, so sind doch alle drei Prämissen erfüllt: der Zweck der Fortpflanzung, es sind Eheleute und der Mann wird schon auch Lust dabei empfinden. Es ist wahrhaft keine Sünde. Einen solchen Fall wird es wohl auch kaum geben. Wie Ihr sicherlich wisst, sind die Frauen aufgrund ihres höheren Wassergehaltes leichter zu verführen, auch wegen ihrer geringen Geisteskraft können sie der Geschlechtslust kaum widerstehen. Das ist nichts, worüber Ihr Euch Gedanken machen solltet."

„Wurde die Frau nicht auch nach Gottes Ebenbild geschaffen?" fragte ich ungläubig über seine Worte.

„Ja, natürlich."

„Und gab Gott der Frau deshalb nicht auch dieselbe Würde wie dem Mann?"

„Ja, und Gott schuf die Frau, damit sie gemeinsam mit dem Manne lebe. Aber bedenkt, Gott schuf die Frau aus der Rippe des Mannes, damit sie auf ewig mit ihm verbunden sei. Er schuf sie nicht aus dem Haupte des Mannes, damit sie nicht über ihn herrsche."

„Er schuf sie aber auch nicht aus seinen Füßen, damit sie nicht verachtet werde!", sagte ich vielleicht etwas zu bestimmt.

„Es steht geschrieben: *Die Weiber seien untertan ihren Männern als dem Herrn*", sagte er leicht amüsiert.

Das hatte Enrica einst schon einmal gesagt bekommen, von einem kleinen schmierigen Mönch auf der Burg von Lorenzo, kurz nach ihrer Hochzeit.

„Es steht viel geschrieben", sagte ich trotzig, „deshalb ist es noch lange nicht wahr."

„Da gebe ich Eurem jungen und hitzigen Gemüt Recht", meinte Thomas gutmütig. „Die Autorität darf und muss hinterfragt werden. Wichtig sind Argumente und Gründe, die das Ergebnis eines strengen und systematischen Denkens sind. Deshalb will ich Euch erläutern, warum die Heilige Schrift auch hier die Wahrheit spricht: Der Philosoph (er meinte Aristoteles, er nannte

Aristoteles nie anders als ‚den Philosophen') beschreibt in seiner Tierkundeabhandlung ‚Über die Zeugung der Lebewesen' die Weibchen als minderwertig gegenüber den Männchen."

„Er schreibt über Tiere?"

„Er überträgt diese Beobachtungen auf sehr logische Weise auf die Menschen und beweist dies mit dem Akt der Zeugung. Der Mann ist der aktive Teil bei der Zeugung, die Frau ist passiv. Der Samen des Mannes ist das zeugende, das formgebende Prinzip, die Frau ist nur die Empfangende. Die Frau ist nicht in der Lage selbst Samen zu bilden, was sich in ihren Blutungen zeigt. Das Menstruationsblut ist unvollständiger Samen, daher ist die Frau im Vergleich zum Manne minderwertig."

„Wenn Aristoteles Recht hat und sein Samen für die Form der Nachkommen sorgt, dann müsste der Mann doch immer nur männliche Nachkommen zeugen."

„Eure Gedankegänge sind immer wieder erfreulich, junger Enrico, genau darauf wollte ich gerade hinaus. Es bedarf widriger Umstände, wie zum Beispiel feuchte Südwinde mit viel Niederschlag, damit ein Mensch mit viel Wassergehalt, also eine Frau, entsteht. Der Philosoph sagt, Frauen sind von der Natur nicht beabsichtigt, sie seien im Grunde missglückte, defekte Männer."

„Aber Gott schuf die Frau! Und Ihr erklärtet mir einst, dass Gott nur Gutes geschaffen hat. Wie könnt Ihr also diesem Philosophen Glauben schenken, dass das Weib nicht beabsichtigt sei?"

„Ja, Gott schuf die Frau um des Mannes willen und bezogen auf die Gesamtheit der Schöpfung gehört die Frau auch zur Gutheit der Schöpfung, doch bezogen auf den Manne ist sie misslungen, mangelhaft. Der Mann ist das erste Ziel der Schöpfung und damit vollkommen. Die Frau ist sekundär, in ihr zeigt sich Fäulnis, Missbildung und Altersschwäche. Der Mann ist Ausgangspunkt und Ziel des Weibes. Gott schuf die Frau allein zur Zeugung, aber damit erschöpft sich ihr Nutzen für den Mann. Für alle anderen Tätigkeiten wählt ein Mann besser einen Mann als Gehilfen."

Die Erinnerungen an Lorenzo kamen mit einer Macht, dass ich auf meinem Stuhl schwankte. Lorenzo, der nie lesen und schreiben gelernt hatte, war vollkommen. Alles was er getan hatte, war in Gottes Sinne. Enrica dagegen, deren einziges Ziel Lorenzo hätte sein müssen, war aufgrund ihres hohen Wassergehaltes ein misslungener Mann, und zu nichts weiter zu gebrauchen, als Kinder zu bekommen. Und nicht einmal das hatte sie geschafft. Enrica war eine unbeabsichtigte Missbildung Gottes...

Thomas fing mich auf bevor ich auf den Boden aufschlug. Er war ungeschickt und unsicher und doch spürte ich, wie wichtig es ihm war, mich unversehrt zu wissen. Weil er sich nicht anders zu helfen wusste, setzte er sich auf den Boden, mich sicher in seinen Armen haltend. Als ich wieder zu Bewusstsein kam, fühlte ich eine Geborgenheit, in der ich gerne für immer verweilt hätte. Mit geschlossenen Augen spürte ich seinen Atem nah an meinem Gesicht und für einen kurzen Augenblick war ich mir sicher, er würde mich küssen. Dann fürchtete ich, er würde mich loslassen, um mich sogleich wieder fester an sich zu drücken - er kämpfte mit sich. Meinen Duft sog er tief in sich hinein und drückte mich an seine Wange. Er wiegte mich in seinen Armen und summte leise „Adoro te devote" (*Demütig bete ich dich, verborgene Gottheit an...*)

Ich wollte meine Augen nicht aufmachen. So gehalten zu werden tat gut. Meine Narben schmerzten plötzlich nicht mehr und seine Arme hielten mich, als ob sie alle Sorgen und Gefahren von mir fernhalten könnten. Diese starken und zugleich behutsamen Arme hatten mich aufgefangen und umfingen mich mit einer Zärtlichkeit, die ich von ihm nicht erwartet hätte. Er war ein Mönch! Und doch erahnte ich die tiefe Zuneigung, die dieser große und starke Mann für mich empfand. In diesem Augenblick gab es nur Thomas und mich, zwei Menschen von Gott geschaffen, eng beieinander sitzend, Herzschlag an

Herzschlag, die körperliche Wärme spürend, sich gegenseitig Halt gebend. Zwei Seelen, einander zugetan, einfach nur seiend, ohne philosophische Hintergedanken. Seine Nähe tat mir gut.

Doch wie konnte er so verächtlich über Enrica denken? Ich riss meine Augen auf und starrte ihn vorwurfsvoll an. Erschrocken ließ er mich doch noch fast fallen. Verlegen löste er seine Arme von mir und mit Mühe stand er auf, um sich wieder auf seinen Stuhl zu setzen. Auch ich setzte mich wieder auf meinen Stuhl. Er blickte verlegen auf die Papiere auf seinem Tisch und schwieg weiter. Dann gab er mir von dem Brot und schenkte mir einen Becher mit Wein ein. „Ihr seid zu schwach für einen so großen Verstand, junger Enrico, Ihr müsst mehr Essen, um bei Kräften zu bleiben."

Das Essen tat gut und der Wein belebte mich wieder. Thomas nahm sich ebenfalls zu essen und zu trinken. Kauend saßen wir auf unseren Stühlen, jeder in sein Schweigen vertieft. Endlich fand ich wieder einen Gedanken, den ich ihm nicht vorenthalten wollte:

„Ihr sagt, das Weib ist zu nichts weiter zu gebrauchen, als um Kinder zu gebären. Verzeiht mir meine Anmaßung, verehrter Magister, aber ich habe ganz andere Beobachtungen gemacht. Ich erzählte Euch von den Ländereien, die verwaist waren, weil der Herrscher sich dem Kreuzzug des Papstes angeschlossen hatte. Die Frauen waren auf sich alleine gestellt und mussten sich um die Alten, die Gebrechlichen und die Kinder kümmern. Sie waren so tüchtig, dass sie die Arbeiten, für die sonst ihre Männer zuständig waren, auch noch mit erledigten. Sie bestellten die Felder, kümmerten sich um das verbliebene Vieh, brachten die Ernte ein und sorgten so dafür, dass sie den langen und kalten Winter unbeschadet überstanden."

„Sicherlich ist das Weib bis zu einem gewissen Grade fähig, vom Manne zu lernen. Doch auf Dauer ist das Weib nicht in der Lage ohne Mann zu leben", antwortete er, nun schon weniger verlegen.

„Was ist mit der Gräfin von Flandern, Margareta von Konstantinopel? Sie ist doch eine sehr gebildete Frau und eine von vielen Seiten geschätzte Herrscherin."

„Sie die Tochter des Kaisers von Konstantinopel, ihr Vater hat ihr Berater an die Seite gestellt, die ihr alles einflüstern. Ein Weib ist nicht fähig selbständig zu denken." Er hatte seine Selbstsicherheit wieder gefunden."

„Und dennoch könnt Ihr mich nicht ganz überzeugen, verehrter Magister. Ich war lange auf Wanderschaft und habe überall auf der Welt interessante Gespräche mit Frauen geführt, diese sind sehr wohl zu eigenen Gedanken fähig." Ich glaubte selbst, was ich da voller Überzeugung sagte.

Doch Thomas war ebenso von seiner Wahrheit überzeugt: „Das haben sie vielleicht vorher von ihrem Vater oder Onkel oder Bruder gehört. Im besten Falle plappert ein Weib auch geistreich Äußerungen nach. Und wer weiß, vielleicht habt Ihr Euch von ihrem Charme verzaubern lassen und wart deshalb nicht klar in Eurem Urteil über die Weiber? Schon der Philosoph erwähnte, dass geschlechtliche Lust das Denken behindert."

Ich lächelte gequält.

„Es ist allgemein bekannt, dass häufiger Geschlechtsverkehr zu Geistesschwäche führt. Aber da Ihr Euer Leben ja Gott geweiht habt, braucht Euch dies nicht weiter zu beschäftigen."

Es klopfte, die Stunde war vorüber. Reginald trat ein und was er sah vertiefte sein Missfallen. Thomas nahm meine beiden Hände in die seinen, drückte sie zärtlich und sagte verschwörerisch: „Hütet Euch vor den Weibern, denn durch die Berührung mit ihnen fällt die reine Seele des Mannes von ihrer erhabenen Höhe herab und gerät unter die Herrschaft der Frau, was bitterer ist, als jede Sklaverei."

„Ja, schon Hieronymus hat ausgerechnet, dass verheiratete lediglich 30 Prozent himmlischen Lohn zu erwarten haben", sagte Reginald in einem Tonfall, der keinerlei Freundlichkeit mir gegenüber verriet. "Verwitwete können immerhin noch mit 60 Prozent rechnen, doch nur *absolute* und *immerwährende* Enthaltsamkeit sind zur vollkommenen Frömmigkeit erforderlich."

Bei diesen Worten ließ Thomas meine Hände los, ein Hauch von Scham streifte sein Gesicht.

Es muss der Wein gewesen sein, der meine Gedanken galoppieren und meine Zunge sprudeln ließ. „Was wäre, wenn sich alle Menschen 100 Prozent himmlischen Lohn verdienen wollten? Was wäre, wenn alle Menschen für immer enthaltsam leben würden? Wäre dann die Menschheit nicht binnen einer Generation von der Erde verschwunden? Und ist es das, was Gott will?"

Thomas, der gerade mit uns den Raum verlassen wollte, ging zurück zum Tisch, brach sich ein großes Stück Brot ab und stopfte es sich in den Mund. Kauend und in Gedanken versunken ging er an Reginald und mir vorbei in Richtung Scriptorium.

„Ganz alleine leben kann nur Gott oder ein Teufel."
Thomas von Aquin

Mein Onkel musste das Bett hüten. Irgendetwas war ihm auf den Magen geschlagen. Er konnte kein Essen mehr bei sich behalten. Ich blieb an seinem Bett und versuchte, ihm immer wieder einen kleinen Schluck Tee zu geben, aber auch der Tee, den die Mönche ihm zubereitet hatten, bekam ihm nicht. Es blieb mir nichts anderes übrig, als mich selbst um die richtige Kräutermischung zu kümmern. Reginald begleitete mich in die klösterliche Apotheke. Beim Anblick dieser vielen getrockneten Pflanzen kamen Erinnerungen an gemütliche Abende in einer Küche, irgendwo auf einer Burg. Ich sah plötzlich Gineva vor mir und sie erklärte mir genau, welche Zutaten ich benötigte, um die Verdauung meines Onkels wieder zu heilen. Die Mönche schüttelten den Kopf, als ich ihnen die Rezeptur sagte und meinten, ich würde meinen Onkel damit vergiften. Dank der Autorität von Reginald, bekam ich was ich wollte und Giovanni nahm dankbar jeden Schluck, den ich ihm löffelweise verabreichte. Nach drei Tagen konnte er wieder festere Nahrung zu sich nehmen und nach einer Woche konnte er das Bett verlassen. Doch er wollte keine weiteren Vorlesungen mehr besuchen, er war zu schwach und sein Humor war ihm abhanden gekommen. Er wollte auch keine Gespräche mit Thomas oder Reginald mehr führen, er wollte nach Hause.

Thomas war enttäuscht, dass ich nicht alleine bleiben wollte. „Hier bei mir könnt Ihr Euer Wissen besser erweitern und vertiefen, als auf Montecassino bei Eurem Onkel", sagte er. „Bedenkt, dass hier in Neapel eine der modernsten Universitäten ist, an der Ihr studieren könnt. Ich würde Eure Studien mit Freuden begleiten und fördern."

Und zu meinem Onkel gewandt sagte er: „Warum

gewährt Ihr Eurem Neffen nicht dieses Studium, das Euch selbst versagt geblieben ist?"

Giovanni lächelte schwach.

„Mein Onkel ist krank und er braucht meine Hilfe und Fürsorge. Mein Onkel war immer für mich da, wenn ich in Not war. Es ist für mich ganz selbstverständlich, dass ich nun auch für ihn da bin." Thomas schien meine Beweggründe nicht zu verstehen. „Christus sagt: Liebe deinen Nächsten wie dich selbst. Ich liebe meinen Onkel mehr als mich selbst."

Bei diesen Worten sah ich etwas wie Eifersucht über Thomas' Gesicht huschen. Er blickte von mir auf Giovanni und wieder auf mich.

„Verzeiht, verehrter Magister, aber ich kann meine Studien immer noch weiter führen, wenn es meinem Onkel wieder gut geht. Ich könnte mich nicht konzentrieren, wenn ich weiter in Sorge um meinen Onkel bin."

„Gut, dann versprecht, mir jede Woche einen Brief zu senden, in dem ihr ausführlich über Eure Studien berichtet. Dann werde ich Euer Fortkommen auf diese Weise begleiten bis Euer Onkel wieder genesen ist und Ihr mich erneut hier in Neapel besuchen kommt."

Auf Montecassino erholte sich mein Onkel nur langsam. Seine Aufgaben als Abt nahm er widerwillig wahr. An den Schriften des Thomas von Aquin hatte er kein Interesse mehr und die Übersetzungen überließ er vollständig mir. Er unterstützte mich bei all meinen Studien, aber er hatte nicht mehr diese Freude am Disputieren, die auch mir oft zu anstrengend gewesen war. Er blieb ruhig und sachlich, hörte mir zu und sagte nur noch wenig.

Trotz der Sorge um meinen Onkel stürzte ich mich in die Studien und Übersetzungen. Ich hoffte, er würde sich irgendwann erholen und wieder der werden, der er vor unserem Besuch in Neapel war.

Wie vereinbart, schrieb ich wöchentlich Berichte an Thomas von Aquin. In diese Briefe legte ich immer getrocknete Lavendelblüten hinein, was Thomas sehr freute, denn er erkannte schon am Duft meine Briefe, und er verstand die geheime Botschaft, die darin verborgen war, wie er mir erfreut antwortete. Lavendel sollte meine Gedanken und Worte rein halten. Lavendel steht für ein klares Leben, was Thomas selbst anstrebte und auch mir wünschte. Lavendel bedeutet auch Erinnerung und geheimes Einverständnis, das uns beide verband. Er wusste sogar, dass Lavendel auch zur Abwehr des Teufels half, was in unserem speziellen Fall besonders wichtig war, denn unser Gedankenaustausch war mehr als gewagt. Ob Thomas wusste, dass Lavendel auch für Misstrauen und Unklarheit steht, habe ich nie erfahren.

Keiner unserer Briefe ist erhalten. Thomas, der meine Briefe immer bei sich trug, übergab sie kurz vor seinem Tod dem Feuer. Seine Briefe, die ich in einem Geheimfach bei meinem Onkel versteckt hatte, vernichtete Michele, nachdem ich Montecassino für immer verlassen hatte.

Reginald schrieb einen überaus freundlichen Brief an meinen Onkel, in dem er erfreut berichtete, dass Thomas nach unserer Abreise seinen Familiensinn entdeckt und sich überraschender Weise bereit erklärt hatte, die Erbschafts-Angelegenheiten für seine Nichte Francesca zu regeln. Er sei sogar persönlich zu Karl von Anjou, dem König von Neapel gereist, um für seine kranke Nichte Reisedokumente zu beschaffen, die ihr einen Kuraufenthalt ermöglichten.

Eines Nachts, ich konnte nicht schlafen und war noch vor Matutin aufgestanden, um an einer Übersetzung der Nikomachsen Ethik über die Freundschaft von Aristoteles weiter zu arbeiten, sah ich, wie Michele sich leise aus den Gemächern meines Onkels schlich. Als er mich erblickte, nickte er mir mit einem zufriedenen Lächeln zu und verließ wortlos unsere Unterkunft.

Natürlich habe ich es gewusst, aber bis zu jenem

Augenblick hatte ich es verdrängt. Giovanni war mein Onkel, war wie ein Vater für mich gewesen. Dass auch er ein Mann war und sicherlich oft sehr einsam in seinem Leben, wurde mir eigentlich erst in dieser Nacht bewusst. Er hatte sich dieses Leben nicht selbst gewählt. Als jüngster Sohn einer adligen Familie war ihm dieser Weg vorbestimmt, ob er wollte oder nicht. Er hat zwar immer humorvoll darüber gesprochen, doch, wie entsagend dieses Leben wirklich war, konnte ich erst viele Jahre später richtig verstehen.

„Nun hast Du gesehen, was Du nicht sehen wolltest", sagte mein Onkel traurig, als er sich zu mir setzte. „Und Du weißt, welch schwere Sünde dies in den Augen der Kirche ist."

„Wer unter euch ohne Sünde ist, der werfe den ersten Stein..." Versuchte ich, ihn zu trösten. „Ihr seid mein über alles geliebter Onkel und wer bin ich, Euch zu verurteilen?"

„Du und Michele, Ihr seid meine kleine Familie, die ich so gerne gehabt hätte und die mir nicht vergönnt ist. Ich habe Deine Eltern immer um ihr Leben beneidet und ich war Deinem Vater unendlich dankbar, dass er mir Eure Erziehung anvertraut hat. Die Zeit mit Euch in Eurer Familie war die glücklichste in meinem ganzen Leben." Tränen rannen über sein Gesicht. „Ich bin verdammt, ein Leben in Sünde zu führen."

Ich nahm ihn in meine Arme, wie er mich als Kind oft in seine Arme genommen hatte, wenn ich traurig war. Er ließ es geschehen und weinte eine kleine Weile lautlos an meiner Schulter. Dann richtete er sich wieder auf, wischte die Tränen weg, schnäuzte sich und sagte: „Weißt Du, was mich am meisten ärgert? Diese Heuchelei und Verlogenheit. Die halbe Kirche lebt in dieser Sünde, alle wissen davon und solange sich keiner erwischen lässt, tun alle so, als ob alle keusch seien."

Ich wusste nicht, was ich sagen sollte. Die Lehre war eindeutig, es war eine Sünde. Doch dann dachte ich, dass die Lehre auch in Bezug auf die Minderwertigkeit der Frau eindeutig war, ich daran aber erheblich Zweifel hatte. Wenn also die Lehre bezüglich der Frau zwar eindeutig, aber ebenso eindeutig falsch war, warum sollte dann die Lehre in seinem Fall eindeutig richtig sein? Was hatte Thomas zu mir gesagt? ‚*Die Autorität darf und muss hinterfragt werden. Wichtig sind Argumente und Gründe, die das Ergebnis eines strengen und systematischen Denkens sind.*' Vor mir lag Aristoteles' Ethik über die Freundschaft. Darin schrieb er, dass es wahre Freundschaft nur zwischen Menschen von gleichem Wert geben kann. Schon Aristoteles beschrieb die Frau als Minderwertig, was Thomas mir ja ausführlich erklärt hatte. Wenn also die Frau nicht gleichwertig ist, dann ist die einzig logische Schlussfolgerung: Wahre Freundschaft kann es nur zwischen Männern geben.

Aristoteles schreibt über die Freundschaft, aber ist die Freundschaft nicht eine Form der Liebe? Dann ist die nächste logische Schlussfolgerung, dass es wahre Liebe nur zwischen Männern geben kann.

Meine Gedanken überschlugen sich. Ich sah meinen traurigen und verzweifelten Onkel an, der noch von der körperlichen Liebe erhitzt, neben mir saß. Sexualität ist Ausdruck der Liebe! Das bezweifelte auch Thomas in seiner Lehre nicht, denn der zweite Zweck der Sexualität sei ja schließlich das Band, die Liebe, zwischen den Eheleuten zu stärken.

Wenn es also wahre Liebe nur zwischen Männern geben kann, dann ist die Homosexualität die einzig logische Konsequenz aus dieser Lehre!

Mein Onkel lächelte schwach, als ich ihm meine Erkenntnisse mitteilte. „Ja meine liebe Nichte, die Du mein liebster Neffe bist, Du hast sie erkannt, die Wahrheit. Die logische Schlussfolgerung aus den Lehren des Aristoteles ist ein Widerspruch zu den Lehren des Thomas von Aquin. Thomas widerspricht sich sozusagen selbst und merkt es nicht einmal. Er sagt: *Alle Wesen erstreben das Gute, doch nicht alle erkennen das Wahre.* Er erstrebt sicherlich das Gute, doch er erkennt selbst nicht das Wahre. Indem er die Frau als minderwertig definiert, und Aristoteles dafür als Beweis anführt, kann er nur zu der logischen Schlussfolgerung kommen, dass es wahre Liebe nur zwischen Männern geben kann. Das ist die Wahrheit, die er selbst nicht sieht, vielleicht nicht sehen kann, sicherlich nicht sehen will, denn sie widerspricht seiner eigenen Lehre über die Sexualität. Und trotzdem ist es wahr und diese Wahrheit wird gelebt, überall in der Kirche und den Klöstern. Wenn auch niemand diese Schlussfolgerung je formuliert hat und wenn auch nur wenige sich dieser logischen Konsequenz bewusst sind, so ist sie doch wahr. Du hast sie nun erkannt, die Wahrheit, die niemand ausspricht. Was Du soeben erkannt hast ist also nichts weiter als *gelebte* Wahrheit, mein Kind."

„Das muss ich ihm sofort schreiben!" rief ich ganz aufgeregt.

„Lass es, Enrico, auch Du wirst die Kirche nicht ändern können", sagte er resigniert. „Ich hatte gehofft, Thomas wäre ein Erneuerer, ich dachte lange er sei ein Freigeist. Mit Aristoteles die Heilige Schrift wissenschaftlich zu beweisen ist revolutionär und beweist die Fähigkeit unabhängig zu denken. Es hat ihm den Ruf eines Ketzers eingebracht und manche sagen, sein Denken sei neu. Doch letztlich sind nur die Argumente neu, mit denen er das alte Denken weiter untermauert und festschreibt. Thomas will keine Erneuerung, er will nur die Wahrheit der Bibel beweisen, er will nichts anderes als Recht haben."

Diese traurigen und kraftlosen Worte von meinem Onkel bestürzten mich und ich ahnte plötzlich, woher dieser Sinneswandel kam: „Es war die Vorlesung über Sexualität in Neapel, die Euch die Hoffnung nahm, nicht wahr?"

Er nickte. „Genau so, wie die jungen Studenten, hatte auch ich die Hoffnung gehabt, dass, weil Thomas die Lust nicht mehr als Sünde betrachtet, es zu einem Umdenken in der Kirche führen könnte. Doch an jenem Morgen begriff ich zum ersten Mal, dass ihm nichts ferner liegt. Seine Gedanken und logischen Beweise sind brillant, daran zweifle ich nach wie vor nicht. Das Problem liegt in seinem Ausgangspunkt. Wenn er die Fortpflanzung als den wichtigsten Zweck der Sexualität definiert und alle anderen Umstände davon abhängig macht, ist er noch sexualfeindlicher als Augustinus es gewesen ist. Die reine Lust als schwere Sünde zu definieren ist weltfremd und menschenverachtend. Nein, die Fortpflanzung mag das Ergebnis der Sexualität sein, aber sie steht sicherlich nicht am Anfang. Zunächst bedarf es der Lust, damit ein Mann überhaupt seiner Frau beiwohnt. Ohne Lust wird es keine Kinder geben."

Was hatte Enrica erlebt? Sie war mit einem Mann verheiratet gewesen, der seine Frau als hässlich und als Hexe bezeichnet hatte. Hatte dieser Mann Lust gehabt, als er seiner Frau beigewohnte? Wohl kaum. Er war oft betrunken und dann war es Gewalt gewesen, es war eine Demonstration seiner Macht, die er über seine Frau besaß. Das hatte nichts mit Lust zu tun gehabt. Lorenzo wollte einen legitimen Erben, aber er hasste seine Frau. Da war keine Liebe gewesen und schon gar keine Lust. Es war eine Qual, nicht nur für Enrica, ein Kind auf diese Weise zu zeugen. Jeder Akt war eine Vergewaltigung gewesen.

Was die Lehre verneinen würde, denn rein formal waren ja alle drei Prämissen erfüllt: Es ging in erster Linie um die Fortpflanzung, es waren Eheleute und der Aspekt der Lust war sicherlich gegeben, denn dem Weib wird per se unbändige Lust nachgesagt und ob der Mann nun Lust an der Sexualität hatte oder an der puren Gewalt empfand, war unwichtig, denn der Mann ist ja vollkommen und daher der Frau überlegen. Was auch immer er dabei empfinden sollte, es war Lust.

Mein Onkel hatte Recht, diese Lehre war menschenverachtend und weltfremd. Sexualität ist Ausdruck der Liebe! Erst als Enrica in Liebe zu Luca entflammt war, hatte sie diese Sehnsucht nach der körperlichen Nähe zu einem anderen Menschen empfunden. Es war die Liebe, die beide eng aneinander zog, die sie nach der Vereinigung ihrer Leiber gedrängt hatte – aller moralischer Bedenken zum Trotz. Und diese Sehnsucht war nicht die Sehnsucht nach einem Kind gewesen, nein, es war die Sehnsucht nach dem Menschen, den sie liebten. Dass daraus ein Kind entstehen könnte, hätten beide als Glück empfunden, wären sie frei und ungebunden gewesen. Doch in den Augen der Gesellschaft und der Kirche war diese Liebe eine schwere Sünde.

Mein Onkel führte seine Gedanken laut weiter: „Thomas hat versucht Gottes Wille, in Bezug auf die Sexualität zu ergründen und war zu dem Schluss gekommen, dass die Fortpflanzung der eigentliche Sinn sei. Doch ist die Fragestellung überhaupt richtig? Muss nicht umgekehrt gefragt werden, was nötig ist, was Gott den Menschen gegeben hat, damit sie sich überhaupt fortpflanzen können? Ist die Sexualität nicht die Vorbedingung zur Fortpflanzung? Und hat Thomas nicht gesagt, dass Gott nur Gutes geschaffen hat? Wann also ist die Sexualität gut? Wenn sie Schmerzen verursacht? Wenn sie zur Bestrafung und Unterdrückung missbraucht wird? Ist es nicht vielmehr so, dass Gott den Menschen mit der Sexualität die Lust geschenkt hat? Das Gott den Menschen damit einen ganz besonderen Ausdruck ihrer Liebe zueinander gegeben hat?"

Und warum soll das alles nur innerhalb einer Ehe stattfinden? Was hat die Ehe mit Liebe zu tun? Nicht das Geringste. Die Ehe ist ein Vertrag, in dem es in erster Linie um weltliche Güter geht und in zweiter Linie um den Erhalt der Familie. Manchmal kommt auch die Liebe hinzu, wie bei meinen Eltern und dann mag die Sexualität ganz im Sinne der Lehre des Thomas von Aquin stehen. Doch entspricht das der Realität? Zwar gilt Ehebruch als Sünde, doch welcher Mann hält sich schon daran? Lorenzo hatte viele Liebschaften und wer weiß, vielleicht hat er wirklich eine dieser Frauen geliebt, die er nicht heiraten durfte, weil sie nicht standesgemäß war? Hatte er nicht schon in der Hochzeitsnacht davon gesprochen, dass er lieber ein üppiges Bauernweib hätte als die hässliche Tochter eines Conte? Was also hat die Ehe mit der Liebe zu tun? Warum soll die Sexualität nur an die Ehe gebunden sein? Ist das wirklich Gottes Wille? Ist es nicht vielmehr das Wunschdenken eines keuschen Mönches, der in der Ablehnung jeglicher Sexualität auf 100 Prozent himmlischen Lohn hofft? Dabei steht geschrieben: *Seid fruchtbar und mehret euch.*

Meine Gedanken beschäftigten sich noch lange mit diesem Thema, ohne eine wirklich befriedigende Lösung zu finden. Zum ersten Mal bekam ich eine Ahnung, mit welchen Gedanken, Erkenntnissen, logischen Schlussfolgerungen und Widersprüchen Thomas sich tagtäglich beschäftigte. Doch im Gegensatz zu meinem Onkel war ich überzeugt, dass Thomas diese logischen Widersprüche überdenken und nach einer Lösung suchen würde.

Ich schrieb ihm von meinen Erkenntnissen aus der Lehre des Aristoteles über die Freundschaft. Ich legte besonders viel Lavendel hinein und bat ihn, diesen Brief sofort nach Erhalt zu verbrennen. Heute weiß ich, welches Glück wir alle hatten, dass dieser Brief nicht in falsche Hände geriet. Damals war ich mir dieser Gefahr nicht bewusst. Mein Glück war sicherlich, dass niemand außer Thomas und Reginald von mir und meinen Gedanken wussten. Hätten seine Gegner von diesem Briefwechsel gewusst und einen dieser Briefe abgefangen, wären wir alle als Ketzer verbrannt worden.

Eine Antwort auf diesen Brief erhielt ich erst in der Nacht vom 5. auf den 6. Dezember 1273, in jener Nacht, in der ich Thomas das letzte Mal sah.

Stattdessen kam ziemlich schnell ein Brief von Reginald, in dem er meinem Onkel aufgebracht mitteilte, dass mein letzter Brief, den Thomas nach einmaligem

Lesen sofort ins Feuer geschmissen habe, eine tiefe Schaffenskrise ausgelöst habe. Seine Zerstreutheit habe weiter zugenommen und seine Geistesabwesenheit dauere nun oft Stunden. Selbst bei einem Festmahl mit König Ludwig IX sei Thomas so sehr in Gedanken versunken gewesen, dass es fast eine Beleidigung gewesen sei. Glücklicherweise sei der König verständnisvoll und höflich gewesen und ließ sogar Pergament und Stift kommen, damit Thomas seine wertvollen Erkenntnisse notieren konnte. Reginald forderte Giovanni auf, in Zukunft die Briefe seines Neffen zu überwachen, denn offensichtlich seien die Gedanken des jungen Enrico nicht immer auf dem rechten Pfad des Glaubens und würden den gutmütigen Thomas, der offensichtlich eine Schwäche für diesen jungen Gelehrten entwickelt habe, von seiner eigentlichen Arbeit, der Vollendung der „Summa Theologiae", ablenken.

> *„Gott wird diejenigen nicht vergessen, die sich selbst vergaßen,
> um an andere zu denken."*
>
> *Thomas von Aquin*

Schlechte Nachrichten erreichten uns: Gineva war der Hexerei angeklagt. Die Mönche, zu denen ihr Dorf gehörte, hatten sie eingekerkert und bereiteten einen Prozess vor.

Mein Onkel war außer sich vor Wut. Wie konnten diese Mönche, diesem mutigen und weisen Weib Gewalt antun? Seine Lebensgeister erwachten und er war bereit, Gineva aus den Fängen „dieser dominikanischen Höllenhunde", wie er sie bezeichnete, zu befreien. Zuerst wollte er mich mit Michele auf Montecassino lassen, doch wir konnten ihn davon überzeugen, dass es von Vorteil wäre, wenn wir ihn begleiteten, falls sein Vorhaben, diese Sache mit genügend Goldmünzen aus der Welt zu schaffen, nicht gelingen sollte. Ich sollte mich stumm und dumm stellen.

Wir reisten direkt in das Kloster und wurden sehr freundlich empfangen. Der Abt erinnerte sich noch gut an unseren Besuch, als Thomas von Aquin auf seiner Durchreise von Paris nach Neapel dort verweilt hatte. Der Abt Edoardo begrüßte uns mit den Worten: „Welch eine Freude, Euch und Euren Neffen wieder bei uns zu haben. Es ist uns wohl bekannt, welche Hilfe Eure Übersetzungen für die Arbeit unseres überaus geschätzten Bruders Thomas in Neapel ist. Was immer Euch zu uns führt, wir werden mit Freuden Eure Wünsche erfüllen." Somit war der erste Teil unserer Strategie schon gescheitert, was mir ganz recht war, so musste ich meine Zunge nicht im Zaum halten.

Mein Onkel war über diesen freundlichen Empfang mehr als erfreut: „Dann will ich gleich zur Sache kommen. Mir wurde zugetragen, dass ein altes Weib namens Gineva in Ungnade gefallen ist. Nun ist es so, dass dieses Weib meinem geschätzten Bruder Michele vor einiger Zeit das Leben gerettet hat und wir ihr daher zu Dank verpflichtet sind. Wir sind gekommen, um dieses Weib in unseren Hoheitsbereich zu überführen und Euch damit zu entlasten. Für Eure Unannehmlichkeiten und Verluste werde ich Euch selbstverständlich entschädigen."

„Wir Dominikaner haben das Armutsgelübde abgelegt." Die Freundlichkeit des Abtes war spürbar gesunken.

Mein Onkel schaute sich prüfend in dem Raum um, in dem man uns empfangen hatte. Die Wände waren mit weit weniger Teppichen behangen als auf Montecassino, doch die Möbel waren auch hier von erlesener Qualität. „Das ist mir bekannt. Ihr lebt nur von dem, was die Menschen Euch für Eure Predigten geben. Aber auch Ihr habt Ausgaben für den Erhalt Eurer Kapelle und Gebäude, die ihr nicht alleine aus den Almosen der Menschen bestreiten könnt. So weit ich weiß, gehören weite Ländereien zu Eurem Kloster."

„Das waren alles Spenden von reichen Wohltätern", verteidigte sich Edoardo.

„Auch das Dorf, aus dem Gineva stammt?" Damit machte mein Onkel klar, dass er von den lukrativen Geschäften der Mönche wusste.

„Das Dorf ist uns aus dem Erbe des unglückseligen Lorenzo zugefallen. Wir unterstützten seinen Aufbruch ins Heilige Land und als er bei dem Brand seiner Burg umkam, erbarmten wir uns der armen und verwitweten Frauen."

Ich zog die Kapuze tief in mein Gesicht, um meine Wut über diese dreiste Verdrehung der Wahrheit zu verbergen.

„Es steht geschrieben: *Einer trage des anderen Last*. Wir sind hier, um unsere geschätzten dominikanischen Brüder bei ihren weltlichen Aufgaben zu unterstützen. Wenn Eure Mittel nicht ausreichen, das verarmte Dorf zu versorgen, so überlasst diese Aufgabe uns. So könnt Ihr Euch vermehrt Euren geistlichen Aufgaben widmen. Von meinem Freund, Eurem berühmten Bruder Thomas von Aquin, weiß ich, wie eifrig Ihr seine Schriften kopiert. Aus eigener Erfahrung ist mir nur zu gut bekannt, wie kostspielig das Kopieren der Heiligen Schrift ist. Lasst mich daher eine entsprechende Summe für Pergament und Tinte spenden." Mein Onkel verbeugte sich leicht.

„Euer Mitgefühl und Eure Großzügigkeit sind sehr willkommen, verehrter Abt von Montecassino. Doch was die Hexe Gineva betrifft, so kann ich sie Euch nicht überlassen. Ihre Schuld ist eindeutig und so schwer, dass keine weltliche Wohltat diese tilgen könnte. Nur das Feuer kann diese Seele vom Teufel befreien."

Das Feuer? Gineva sollte verbrannt werden? Sie, die mich aus dem Höllenfeuer gerettet hatte? Auch mein Onkel war entsetzt, versuchte aber ruhig zu bleiben: „So sagt mir doch bitte, was man ihr vorwirft."

„Sie ist mit dem Teufel im Bunde."

„Das ist eine schwerwiegende Anschuldigung. Könnt Ihr das beweisen?"

„Sie hat vor den Augen unseres Bruders Carlo den bereits erkalteten Leichnam einer jungen Sünderin wieder zum Leben erweckt." Wir starrten den Mönch Carlo entsetzt an, der stolz in die Runde nickte.

„Sie ist eine Hexe und gehört auf den Scheiterhaufen!" ereiferte sich Carlo.

„Das glaube ich…" Michele fasste mich am Arm, damit ich still blieb.

„Das ist in der Tat eine schwere Anschuldigung", sagte mein Onkel.

„Wollt Ihr das Wort eines Mönches anzweifeln?" Abt Edoardo wurde laut.

„Nein, ganz gewiss nicht", beschwichtigte mein Onkel, „und dennoch fällt es mir schwer, es zu glauben. Ich habe Gineva als ein Weib kennen gelernt, das anderen selbstlos und im Namen Christi geholfen hat."

„Dann seid auch Ihr der Täuschung dieser Hexe

erlegen. Inzwischen häufen sich die Berichte über die Untaten, die dieses Weib begangen hat. Sie soll sogar die unglückselige Baronessa verhext haben, damit diese keine Kinder bekommen konnte."

„Wer sagt…". Um mich zum Schweigen zu bringen zog mein Onkel mir die Kapuze ganz über das Gesicht.

„Verzeiht das ungestüme Temperament meines Neffen. Er ist wohl noch ganz durcheinander von der Reise. Vielleicht ist es besser, wenn wir uns erst einmal ausruhen."

Der stolze Carlo begleitete uns in den Kerker zu Gineva. Ich hätte sie fast nicht wieder erkannt. Sie war abgemagert, hatte alle ihre Zähne verloren und ihre Haare, die sie immer sorgfältig zu einem strengen Dutt zusammen gebunden hatte, hingen ungepflegt herunter. So sah sie tatsächlich aus, wie eine alte Hexe. Sie kauerte in einer Ecke auf dem Boden und ignorierte uns. Erst als ich sie ansprach, richtet sie ihren Blick auf die Tür. Für einen kurzen Augenblick glaubte ich, einen Hauch einer Freude in ihren Augen zu sehen, doch ihre Worte klangen verärgert. „Was wollt Ihr hier?"

„Wir sind gekommen, um Deine Verteidigung zu übernehmen." Bei diesen Worten blickte Carlo böse auf meinen Onkel.

„Ich brauche keine Verteidigung. Mein Leben ist zu Ende. Geht wieder Eurer Wege." Gineva starrte wieder vor sich hin.

„Verehrter Bruder Carlo, lasst uns mit der Delinquentin alleine sprechen. Wie Ihr wisst, habe ich die ausdrückliche Erlaubnis dafür von Eurem Abt."

Widerwillig sperrte Carlo die Kerkertür auf, ließ uns hinein und sperrte von außen ab. Nach einem weiteren strengen Blick meines Onkels verschwand er.

Ich kniete mich vor Gineva und wollte sie umarmen, doch sie stieß mich weg. „Habe ich Euch nicht verboten, je wieder hier her zu kommen?"

„Nun sind wir aber hier und wir werden nicht ohne Dich abreisen", sagte Michele bestimmt.

„Was wollt Ihr denn mit meiner Asche anfangen?" fragte Gineva trotzig.

„Weise Frau, Du hast mich einst geheilt mit Deiner Kunst und ich habe es nicht vergessen." Michele ließ sich nicht provozieren. „Ich habe Dich als eine durch und durch gute Frau kennen gelernt und glaube nicht, was man Dir zur Last legt."

„Und doch ist es wahr, geschätzter Bruder Michele. Ihr seht also, Ihr verschwendet Eure Zeit." Gineva wurde freundlicher. „Doch wenn Ihr schon einmal hier seid, dann erbarmt Euch meiner Enkelin Rosa. Nehmt sie in Eure Obhut und sorgt für ihre Zukunft. Meine Kraft ist erschöpft und ich kann ihr nichts mehr geben."

„Das kann nicht wahr sein", rief ich. „Niemand kann die Toten wieder zum Leben erwecken."

„Ich schon, das müsstet Ihr doch am besten wissen." Sie lächelte gequält. „Eure Schwester Enrica habe ich immer wieder ins Leben zurückgeholt, nach jeder Fehlgeburt. Und habe ich sie nicht selbst der Hölle entrissen?"

„Nein, Enrica war niemals tot gewesen. Ihr habt mit Eurer Heilkunst das wenige Leben, das noch in ihr war, erhalten und gestärkt."

„Enrico hat Recht, das ist etwas ganz anderes", mischte sich nun auch mein Onkel ein.

„Macht Euch nicht die Mühe. Mein Leben ist vorbei und je eher ich sterbe, umso besser für alle."

„Nein!" Rosa stand vor der Tür und weinte. Carlo hatte Rosa am Arm gepackt und grinste spöttisch. Sie machte sich los. „Lasst mich sofort zu meiner Nonna!"

Er schloss wieder auf, ließ sie zu uns und schloss wieder ab. Ich wollte Rosa umarmen, doch Carlo beobachtete alles genau.

Rosa war üppiger geworden. Sie wich meinem Blick

aus und stürzte sich auf ihre Großmutter, die diese Umarmung zuließ, ja sogar versuchte, ihrer Enkelin Trost zu spenden. „Abt Giovanni wird sich Deiner annehmen, mein liebes Kind. Es wird alles gut werden."

„Ich gehe nicht ohne Dich, Nonna." Rosa weinte noch stärker.

„Wir lassen Deine Großmutter nicht hier zurück, niemals! Aber wir müssen wissen was passiert ist." Mein Onkel legte seine Hand auf Rosas Rücken. Zu Michele gewandt flüstertet er: „Scheuch mir diesen Bruder Carlo weg, sonst gehe ich sofort und persönlich zu Abt Eduardo und beschwere mich über ihn." Carlo hatte offenbar gute Ohren, denn er verschwand auf der Stelle. Michele stellte sich an die Tür, um die Wachen, die sicher im Auftrag von Carlo lauschen sollten, auf Abstand zu halten.

„So, nun sind wir vorerst ungestört. Rosa, Deine Großmutter behauptet allen Ernstes, sie habe die Tat begangen, die ihr zur Last gelegt wird. Wenn dem tatsächlich so sei, dann muss es dafür einen Grund geben. Also was ist wirklich passiert?"

„Martha kam verzweifelt zu uns und bat meine Nonna um Hilfe. Valentina, ihre Enkelin sei sehr krank und wenn sie nun auch noch ihre einzige Enkelin verlieren würde, wäre sie ganz alleine. Was sollte dann werden?"

„So war es. Ich habe Martha geholfen und ihre Enkelin dem Tode entrissen", mischte sich Gineva ein. „Lasst Rosa damit in Ruhe, das Kind soll nicht auch noch in Gefahr kommen. Und lasst mich endlich in Frieden sterben."

„Auf dem Scheiterhaufen?" fragte mein Onkel.

„Ich werde keine Schmerzen haben. Rosa hat mir einen Trank gebraut, den ich rechtzeitig trinke."

„Du sollst in Frieden sterben, aber nicht auf dem Scheiterhaufen. Willst Du, dass Rosa für immer das Stigma Enkelin einer Hexe mit sich herum trägt? Was glaubst Du, welche Zukunft sie haben wird, wenn Du rechtmäßig verurteilt und verbrannt wurdest? Sie wird für immer geächtet sein, wird niemals mehr in Sicherheit leben können. All ihre Gaben, die Du ihr so sorgfältig gelehrt hast, wird sie nur noch unter Gefahr einsetzen können, denn auch sie wird immer im Verdacht der Hexerei stehen. Da sind auch meine Möglichkeiten als Abt von Montecassino begrenzt. Wenn Du Deiner Enkelin eine gute Zukunft wünschst, dann sprich endlich, stures Weib!"

„Gineva, Du hast so viel Gutes in Deinem Leben gegeben. Es ist nun an der Zeit, auch Gutes von anderen Menschen anzunehmen. Wir sind hier, um Dir und Rosa zu helfen, so wie Du es für uns und unzählige andere Menschen getan hast", versuchte ich es mit Freundschaft.

„Geben ist seliger denn nehmen, spricht der Herr."

„Das ist wahr, aber es ist keine Sünde auch zu nehmen. Wenn Du es nicht für Dich annehmen willst, dann für Rosa. Mein Onkel hat Recht, wenn man Dich verurteilt ist Rosas Zukunft mehr als gefährdet."

„Also gut, um Rosas Willen. Aber ich habe wenig Hoffnung, dass Ihr Erfolg haben werdet. Denn wahr ist nicht, was wahr ist, sondern das, was die Leute glauben was wahr ist. In meinem Fall gibt es einen mächtigen Zeugen und man kann ihn nicht einmal der Lüge bezichtigen."

„Was ist denn nun wahr?" Mein Onkel wurde langsam ungeduldig.

„Wahr ist, dass Marta kam und ganz verzweifelt war. Ihre Enkelin Valentina lag im Sterben."

„Ich bat meine Nonna, nicht zu gehen, denn Marta ist nicht zu trauen. Sie hat immer wieder böse Gerüchte über uns gestreut."

„Ja, auch das ist wahr. Aber ich ging dennoch, denn die unglückliche Valentina kann schließlich nichts dafür. Und ich hatte auch Mitleid mit Marta, denn sie hat, wie ich, alles verloren und einzig Valentina ist ihr geblieben. Bei allem Streit, der zwischen uns war, hätte ich mich doch schuldig gefühlt, wenn ich ihr meine Hilfe verweigert hätte.

Valentina hatte hohes Fieber und war dem Tode

näher als dem Leben. Ich sagte Marta, dass ich nicht mehr viel tun könne und sie mit dem Schlimmsten rechnen müsse. Sie bat mich trotzdem, alles in meiner Macht liegende zu tun.

Ich gab Valentina also einen Kräutersaft, der sie in einen tiefen Schlaf fallen ließ und sagte Marta, sie solle an ihrem Bett wachen. Ich würde am nächsten Tag wieder nach ihr sehen.

Als ich am nächsten Tag wieder kam, war der Mönch Carlo dort. Er hatte Valentina die letzte Ölung gegeben und ihren Tod festgestellt. Ich trat an ihr Bett, um die Temperatur zu fühlen und in diesem Moment schlug sie ihre Augen auf."

„Ja, da glaubt ein einfältiger Mönch natürlich, dass Du mit dem Teufel im Bunde bist", sagte mein Onkel erleichtert. „Dieses Missverständnis lässt sich sicher schnell aus der Welt schaffen.

„Das habe ich bereits versucht", sagte Rosa verzweifelt, „doch dieses falsche Weib Marta behauptet, meine Nonna habe aus Rache ihre Enkelin vergiftet und, um ihre Tat zu vertuschen habe sie Valentina wieder zum Leben erweckt."

„Das ist also die Wahrheit, wegen der sie Dich auf den Scheiterhaufen bringen wollen. Und was ist die Wahrheit hinter dieser Wahrheit?" Ich ahnte, dass da noch mehr sein musste. Gineva und Rosa tauschten vorsichtige Blicke aus.

„Marta behauptet also, Du hättest aus Rache an ihr, Valentina vorsätzlich vergiftet. Das klingt einleuchtend und doch", überlegte mein Onkel laut, „war es doch Marta, die Dich um Hilfe gebeten hat, nicht wahr?"

Gineva und Rosa nickten.

„Warum war Marta so verzweifelt, dass sie Dich um Hilfe bat?"

Rosa und Gineva schwiegen.

„Das ist also die Wahrheit hinter der Wahrheit. - Sprich endlich Gineva, sonst zünde ich eigenhändig das

Feuer an, das man für dich bereits vorbereitet!" schrie mein Onkel so laut, dass selbst ich erschrak.

Rosa fing zu weinen an. Gineva presste ihre Lippen aufeinander.

„Valentina war schwanger!" Ich erinnerte mich, dass Marta den Ruf einer Engelmacherin hatte. „Sie hat ihrer Enkelin selbst das Kind weg gemacht und dabei muss ihr ein Fehler unterlaufen sein. Dein Trank hat die Blutungen gestoppt und ihr das Leben gerettet. Und um ihre eigene Schuld zu vertuschen, behauptet sie nun, dass Du Valentina vergiftet hast."

„Aber auch das lässt sich aufklären. Ich verstehe überhaupt nicht, warum Du so stur schweigst." Mein Onkel schüttelte mit dem Kopf.

„Das ist noch nicht alles, lieber Onkel."

„Was denn noch?"

„Von wem war sie schwanger?"

„Warum ist das wichtig?"

„Es gibt kaum Männer im Dorf und ich bin mir sicher, Marta hätte alles daran gesetzt, Valentina mit dem Übeltäter zu verheiraten. Dann wären beide, Valentina und mit ihr, die alte Marta versorgt gewesen. Es wäre ein Segen gewesen. Doch sie hat ihre Enkelin einer großen Gefahr ausgesetzt, um diese Schande zu vertuschen. Es ist von entscheidender Wichtigkeit, den Namen des Vaters zu kennen."

„Pst", rief Michele, „Carlo kommt."

„Abt Edoardo bittet Euch zu kommen. Wir haben ein bescheidenes Mahl für unsere hohen Gäste vorbereitet."

Wir verließen den Kerker. Als ich zurück blickte und in Rosas Augen sah, erkannte ich die ganze Wahrheit.

> *„Die Wahrheit sehen, heißt: sie besitzen."*
> *Thomas von Aquin*

Abt Edoardo empfing uns gut gelaunt. „Habt Ihr Euch von der Wahrheit überzeugen können?"

„Ich habe viel gehört, was man als Wahrheit glauben könnte", sagte mein Onkel diplomatisch.

„Unser über alles geschätzter Bruder Thomas von Aquin sagt: *Wahrheit ist die Übereinstimmung von Denken und sein.* Und in diesem Fall ist die Übereinstimmung absolut, denn die Hexe gibt ja alles zu." Edoardo war sichtlich stolz auf seine philosophische Argumentation.

„Euer geschätzter Bruder Thomas sagt aber auch: *Alles Böse wurzelt in einem Guten und alles Falsche in einem Wahren.* - Darüber will ich noch einmal nachdenken, bevor ich mir ein Urteil über Gineva erlaube."

Mein Onkel betrachtete die üppig gedeckte Tafel. „Gerne nehme ich Eure Einladung zu diesem guten Essen an, wenn es mich auch überrascht, wie feudal Ihr habt auftischen lassen."

„Ihr seid ein Freund unseres Ordens und daher habe ich mir erlaubt, Euch das Beste zu servieren, was wir zu geben haben, zumal ich weiß, dass Ihr als Benediktiner sicherlich jeden Tag ein gutes Mal habt."

„Wir Benediktiner haben ebenfalls das Armutsgelübde abgelegt. Auch wenn uns der Ruf vorauseilt, dass wir es damit nicht so genau nehmen würden, so bedeutete es doch nicht, dass wir der Verschwendung frönen. Ich muss gestehen, dass ein solches Mahl meinen Gaumen mehr als erfreut. Ich danke Euch für Eure großzügige Gastfreundschaft!"

„Dann lasst uns die Gaben, die uns der Herr heute beschert hat, in Demut zu uns nehmen, auf dass sie unseren Körper und unseren Geist stärken."

Ja, dachte ich, lasst uns diese Völlerei genießen, wer weiß, ob dies nicht unsere Henkersmahlzeit sein würde.

Mein Onkel führte mit dem Abt eine ausgiebige Unterhaltung über die verschiedenen Köstlichkeiten, deren Herkunft und Zubereitung. Wer ihn nicht kannte, musste ihn für einen oberflächlichen Epikuräer halten. Doch ich wusste, es war seine Art, den Gegner in Sicherheit zu wiegen und, auf scheinbar unverfängliche Art, mehr über ihn zu erfahren.

Michele versuchte, mehr über Carlo zu erfahren, doch dieser gab sich wortkarg. Stattdessen fixierte Carlo mich mit einem Blick, der mir unangenehm war. Ich hatte immer wieder lüsterne Blicke von so manchem Mönch aufgefangen, doch die meisten taten dies heimlich, wollten nicht dabei entdeckt werden. Carlos Blick war anders. Er blickte mir direkt in die Augen. Es war, als ob er mich herausfordern wollte, als ob er ein Spiel mit mir spielen wollte. Etwas in seiner Art erinnerte mich an Luca. Und plötzlich erkannte ich, dass Enrica in dieser Kutte einen Mann sah, einen jungen kräftigen Mann, der sich seiner Ausstrahlung bewusst war. Da saß ein Mann, der mit seinen Augen meine Kutte auszuziehen gedachte. Da saß ein Mann, der mich begehrte.

Meinem Onkel entging das nicht und er täuschte Unwohlsein vor, um mich vor diesen Blicken zu schützen. Zumindest glaubte ich das.

Wir brachten ihn in seine Kammer, wo er sich auf sein Bett legte. Ich war so durcheinander von den Ereignissen, dass ich nicht wahrnahm, wie es ihm wirklich ging. Die durchdringenden Blicke von Carlo hatten mich daran erinnert, dass ich unter meiner Kutte den Körper einer Frau versteckte, dass ich nicht der Mönch Enrico war, der ich so gerne gewesen wäre. Mein Geheimnis, das ich schon fast vergessen hatte, war hier nicht mehr sicher.

Auch Michele teilte meine Befürchtung. Es war Eile geboten.

„Dann lasst uns eine Strategie überlegen, mit der wir Gineva vor dem Scheiterhaufen retten", sagte mein Onkel kämpferisch. Wir waren uns einig, dass wir diese dominikanischen Ankläger mit ihren eigenen Waffen schlagen mussten. „Du kennst die Denkweise des Thomas von Aquin am besten. Wie würde er argumentieren, wenn er Gineva verteidigen würde?"

Wir besprachen alles ausführlich. Dieses Mal war mir klar, dass ich wirklich meinen Mund halten musste. Ich musste so gut wie unsichtbar bleiben.

Am nächsten Morgen trafen wir Abt Edoardo und Bruder Carlo in der Bibliothek an. Beide bereiteten offenbar ihre Anklage vor. Der Prozess sollte in einer Woche stattfinden.

„Lasst uns schon heute unsere Argumente austauschen, verehrter Edoardo", gab sich mein Onkel jovial.

„Warum wartet Ihr nicht bis zum Prozess? Scheut Ihr die Öffentlichkeit?" erwiderte Edoardo siegesgewiss.

„Ich denke, es wäre in Eurem eigenen Interesse."

„Ein öffentlicher Prozess ist in unserem Interesse. Ein schnelles und klares Urteil wird dem Volk zeigen, wie erfolgreich wir in der Ausrottung des Bösen sind. – Aber, wenn Ihr unbedingt wollt, höre ich mir gerne Eure Argumente an." Edoardo schien zu glauben, dass er, wenn er unsere Argumente schon kannte, einen weiteren Vorteil hätte. Wir setzten uns an einen Tisch.

„Ihr stützt Eure Anklage auf das Geständnis, das die vermeintliche Hexe Gineva abgelegt hat", fing mein Onkel an.

Edoardo nickte. „Wie Ihr wisst, war Bruder Carlo Zeuge dieser Hexerei. Es gibt daher keinerlei Zweifel an der Schuld."

„Ja, er war Zeuge, aber was genau hat Carlo gesehen? Er sah ein junges Mädchen, das die Augen aufschlug."

„Das Mädchen war tot, Carlo hatte ihr bereits die letzte Ölung gespendet."

„Sie könnte auch aus einem tiefen Schlaf erwacht sein."

„Aber sie war bereits erkaltet!" mischte sich Carlo energisch ein.

„Was Ihr gesehen habt, war ein normaler Vorgang, wenn das Fieber wieder sinkt. Ich habe es selbst erlebt", sagte Michele sehr freundlich.

„Dann hat die Hexe auch Euch vergiftet! Dann seid Ihr ein weiterer Zeuge ihrer Machenschaften!" sagte Abt Edoardo erfreut.

„Nein, ich bin ein Zeuge ihrer Heilkunst. Gineva hat das Mädchen geheilt, in dem sie ihr einen Kräutertrank gegeben hat, der sie in einen tiefen Schlaf fallen ließ. Aus dem sie erst erwachte, als das Fieber nachließ. Zufälligerweise wart Ihr, verehrter Bruder Carlo, in jener Zeit anwesend, als das Fieber nachließ und es muss Euch vorgekommen sein, als ob der Leichnam erkalten würde. Und zufälligerweise kam Gineva herein, als das Mädchen die Augen aufschlug. Es mag so ausgesehen haben, als ob Gineva sie von den Toten erweckte, aber sie war niemals tot, sie war nur in einem tiefen Schlaf."

„Aber sie hat gestanden!" rief Carlo.

„Ist dieses Geständnis das Ergebnis einer peinlichen Befragung?" wollte mein Onkel wissen

„Nein, sie gab es freiwillig", sagte Carlo mit einem süffisanten Unterton.

„In diesem Punkt werden wir keine Übereinstimmung finden. Wir werden behaupten, das Mädchen hat noch gelebt, Euer Argument wird sein, dass sie bereits tot war", sagte mein Onkel sachlich. „Dann lasst uns darüber reden, wie es überhaupt dazu kam. So weit ich weiß, bestreitet Ihr nicht, dass Marta Gineva um Hilfe gebeten hat?"

Edoardo sah, dass mein Onkel kein wirkliches Gegenargument hatte und meinte daher wohlwollend: „Nein, das bestreiten wir nicht. Im Gegenteil, Marta bezeugt ja, dass Gineva ihrer Enkelin Valentina diesen Gifttrunk gegeben hat."

„Aus Rache, wie sie sagt. Wisst Ihr, was mich an dieser Aussage stört? Warum hat Marta Gineva überhaupt um Hilfe gebeten, wenn sie doch die Rache dieser Hexe fürchten musste? Warum hat sie ihre Enkelin in diese Gefahr gebracht?"

„Ihr habt Recht, sie hätte lieber gebetet und auf Gottes Hilfe gehofft, als sich an diese Hexe zu wenden."

„In der Summa Theologiae schreibt der von uns allen sehr verehrte Magister Thomas von Aquin: *Wenn der Mensch unterlässt zu tun, was er vermag, und einzig Hilfe erwartet von Gott, dann scheint er Gott zu versuchen.* Insofern hat Marta recht gehandelt, wenn sie nicht nur auf die Hilfe Gottes gehofft hat, sondern auch die Hilfe einer Heilerin gesucht hat."

Edoardo war pikiert. „Was macht Ihr Euch über solch unwichtige Sachen Gedanken? Wer weiß schon, was im Kopf eines Weibes vorgeht? Bei einem Weib kann man nicht mit Vernunft rechnen, das ist allgemein bekannt."

„Vielleicht habt Ihr Recht, aber gehen wir mal davon aus, dass sich Marta wirklich Hilfe von Gineva erhofft hat. Und gehen wir weiter davon aus, dass Gineva ihre Hilfe nicht verweigert hat, sondern versucht hat, dem unschuldigen Mädchen zu helfen."

„Das sind nichts als Spekulationen, die Ihr nicht beweisen könnt!" unterbracht Carlo meinen Onkel.

„Wir sind hier nicht vor Gericht, Ihr habt nichts zu verlieren, daher bitte ich Euch, meine Ausführungen in Ruhe anzuhören."

„Schweig Carlo!", zischte Abt Edoardo. „Lass den verehrten Abt von Montecassino seine Gedanken zu Ende führen."

„Danke verehrter Bruder Edoardo. Ich verspreche, Ihr werdet es nicht bereuen. – Nun gehen wir davon aus, dass Gineva ihre Gaben zum Guten eingesetzt hat, so wie sie es immer getan hat und wie wir es jederzeit bezeugen werden. Dann hat sie das getan, was Gott von ihr erwartet hat, dann ist sie dem natürlichen Gesetz gefolgt, wie es unser Bruder Thomas von Aquin definiert hat. Er sagt, dass alles von Natur aus nach dem Guten strebt und damit nach Gott. Gineva hat ihre Gaben zum Guten eingesetzt, sie hat das Leben der jungen Valentina gerettet und damit in Gottes Sinne gehandelt."

„Ich gebe Euch Recht, verehrter Bruder Giovanni, wenn sie ihre Gaben zum Guten eingesetzt hätte. Was ich bezweifle. Wie auch Ihr nur zu gut wisst, hat der Mensch - und selbst das Weib - einen freien Willen und dieser führt bekanntlich zum Bösen. Ich behaupte, Gineva hat ihre Gaben benutzt, um sich an Marta zu rächen und als sie Carlo erblickte und ihr klar wurde, dass ihre Schandtat nicht unentdeckt bleiben würde, hat sie ihre schwarze Magie eingesetzt, um das Mädchen wieder zu beleben."

„Aber wäre es nicht dumm von ihr gewesen, dies ausgerechnet vor den Augen eines Mannes der Kirche zu tun?" warf Michele ein.

„Sie ist ein Weib, da kann man keine Vernunft erwarten", plapperte Carlo seinen Abt nach.

„Nein Carlo, es macht durchaus einen Sinn. Sie hat ganz bewusst ihre Macht über den Tod demonstriert und damit ihre Verachtung für Gott und die Kirche zum Ausdruck gebracht. Und damit ist sie auch der Ketzerei schuldig!" Edoardo lächelte spöttisch meinen Onkel an: „Ich danke Euch für diesen Hinweis, verehrter Giovanni, ich habe es wahrlich nicht bereut Euch zuzuhören."

Es lief ganz und gar nicht so, wie wir es geplant hatten. Mein Onkel schwieg. Es war, als ob ihm keine Argumente einfallen wollten. Gerne hätte ich das Wort für ihn übernommen, doch ich hatte Carlo beobachtet, wie er mich beobachtet hatte. Daher senkte ich meinen Kopf und hoffte, mein Onkel würde seine Argumentation fortführen.

„Carlo, erinnerst Du Dich, was wir erst neulich aus den Schriften des Thomas über die Ketzer kopiert haben? Hat er ihre Sünde nicht mit der der Geldfälscher verglichen? Wenn ich mich recht erinnere, dann sagt er, dass die Verfälschung des Glaubens ein noch größeres Verbrechen ist, als Geld zu fälschen. Das Geld dient dem weltlichen Leben, der Glaube aber ist das Leben der Seele. Ein Geldfälscher wird mit dem Tode bestraft. Mit wie viel größerem Recht kann dann die Todesstrafe für eine Ketzerin ausgesprochen werden?" In seinen Augen brannte schon der Scheiterhaufen.

„Aber Ihr müsst sie zuerst der Ketzerei überführen", versuchte Michele die Situation zu retten.

„Ihr zweifelt noch immer an ihrer Schuld? Sie hat sich offen gegen die Kirche gestellt und gibt es auch noch zu. Was wollt Ihr noch?"

„Aber verehrter Abt Edoardo, bei allem Respekt, Ihr verdreht die Wahrheit!" rief Michele verzweifelt.

Gönnerhaft beugte sich Edoardo zu Michele. „Ihr stimmt mir sicher zu, dass allein die Kirche im Besitz der Wahrheit ist und dass allein die Kirche die Seelen der Gläubigen vor der ewigen Verdammnis retten kann?"

Michele nickte widerwillig.

„Nur der bedingungslose Gehorsam gegenüber der Kirche kann das Seelenheil der Gläubigen garantieren. Wo kommen wir hin, wenn ein altes Kräuterweib mit seinen Gaben, die Autorität der Kirche in Frage stellt?"

„Dann stimmt Ihr uns also zu, dass Gineva mit ihren Gaben Gutes getan hat?" Michele hoffte, das Blatt noch wenden zu können.

Edoardo überlegte einen Augenblick, dann sagte er verschwörerisch: „Wir sind hier unter uns und ich will Euch erläutern, was Ihr offenbar nicht verstehen wollt: Nehmen wir an, Ihr hättet Recht, und die Hexe hat tatsächlich keine Tote erweckt, sondern nur eine Schlafende geheilt, dann bleibt noch immer das Problem, dass Carlo das Mädchen ja bereits für tot erklärt hat. Wie steht er nun da? Er ist ein Mann der Kirche und die Kirche hat Recht. Der auch von Euch hoch verehrte Magister Thomas sagt, *Die größte Wohltat, die man einem Menschen erweisen kann, besteht darin, dass man ihn vom Irrtum zur Wahrheit führt.* Und wie Ihr mir ja gerade zugestimmt habt, ist allein die Kirche im Besitz der Wahrheit. Es geht hier nicht darum, was ein altes dummes Weib getan hat oder nicht, es geht darum, dass die Menschen nicht in ihrem Glauben erschüttert werden."

„Aber damit würdet Ihr bewusst eine Unwahrheit verbreiten."

„Das Volk ist dumm und nicht in der Lage, die Wahrheit zu erkennen, daher ist eine Täuschung zu seinem eigenen Besten."

„Und was ist mit dem 8. Gebot? *Du sollst nicht falsch Zeugnis reden wider deinen Nächsten.* "

„Zum Zwecke des Seelenheils ist eine Lüge erlaubt. Denkt nur an Paulus und was er in seinem Brief an die Römer sagt: *Wenn aber Gottes Wahrhaftigkeit durch meine Lüge sich in ihrer ganzen Fülle gezeigt hat zu seiner Ehre, was werde ich dann noch als Sünder gerichtet?* Selbst Augustinus sieht in der Lüge Jacobs im Alten Testament keine Lüge sondern Mysterium. Ja, er geht sogar so weit zu sagen, wenn eine Erdichtung auf irgendeinen Sinn bezogen wird, sie keine Lüge mehr ist, sondern Ausdruck der Wahrheit."

Ich konnte mich nicht mehr zurück halten. „Hier geht es aber nicht um Gottes Wahrhaftigkeit, hier geht es um das Leben einer unschuldigen Frau!"

„Es ist ein altes Weib, das den Tod herbei sehnt. Ein schnelles Ende wäre eine Erlösung und damit auch Ausdruck unserer Barmherzigkeit", sagte Carlo voller Überzeugung.

„Ihr versündigt Euch, junger Mönch, wenn Ihr die Wahrhaftigkeit Gottes in Frage stellt", wies mich der Abt Edoardo zurecht.

Am liebsten hätte ich gegen diesen Wahnsinn angeschrieen, aber ich musste ruhig bleiben. „Magister Thomas sagt auch: *Die Wahrheit sprechen, sind Söhne Gottes; denn Gott ist Wahrheit.* Es ist an der Zeit, dass Bruder Carlo endlich die Wahrheit sagt."

„Ich habe die Wahrheit gesagt und die Hexe hat alles bestätigt", verteidigte er sich etwas zu hastig.

„Was will Euer Neffe damit andeuten?" Edoardo

wandte sich direkt an meinen Onkel, doch der nickte nur zu mir und gab mir damit die Erlaubnis, weiter zu reden.

„Ich will damit sagen, dass Carlo sehr genau weiß, woran Valentina erkrankt ist."

„Das ist völlig unwichtig", sagte er zu seinem Abt, „das hat nichts mit der Sache zu tun."

„Oh, doch, es ist sogar immens wichtig, denn nur so wird verständlich, warum Marta, trotz aller Feindschaft, Gineva um Hilfe gebeten hat."

Der Abt überlegte einen Augenblick. Er schien abzuwägen, ob mein Einwurf nur der Ablenkung diente oder ob es für seine Strategie von Vorteil wäre, wenn er auch darüber Bescheid wusste.

„Also Carlo, woran ist dieses Mädchen erkrankt?"

Carlo sah mich wütend an, doch dann erhellte sich seine Miene und er sagte: „Das dumme Ding war schwanger und ihre Großmutter hat es ihr weg gemacht. Dabei ist etwas schief gelaufen und um ihre Enkelin zu retten hat sie die Hexe Gineva um Hilfe gebeten. Gineva hat diesem Kind einen Trank gegeben, der sie in einen tiefen Schlaf fallen ließ. Nachdem das Mädchen aber nicht mehr aufzuwachen schien, rief Marta nach mir, damit ich ihr wenigstens die letzte Ölung verabreiche und ihre Sünden von Gott vergeben werden."

„Dann hast Du einer Sünderin Absolution erteilt und die Tat einer Mörderin verheimlicht." Abt Edoardo blickte ungläubig auf seinen Vertrauten Carlo. Dann blickte er zu mir und fragte: „Warum habt Ihr das auch noch aufgedeckt? Nun haben wir ein weiteres Weib, das wir des Mordes anklagen können, denn Abtreibung ist Mord. Und Eurer Gineva, die Euch so am Herzen liegt, nützt es wenig."

„Verzeiht, verehrter Abt, aber Ihr stellt die falschen Fragen. Die Frage ist doch, warum hat Euer Bruder Carlo das vor Euch verschwiegen?"

Er sah zu Carlo und dieser beeilte sich zu erklären: „Ich hatte Mitleid mit dem armen Mädchen. Wenn ich nun die Tat ihrer Nonna angezeigt hätte, dann wäre sie völlig allein und schutzlos auf der Welt gewesen und wem hätte das genützt? Die Großmutter hatte es doch nur gut gemeint, als sie die Sünde ihrer Enkelin aus der Welt schaffen wollte."

Der Abt blickte ratlos zu mir.

„Aber warum habt ihr dann Gineva der Hexerei angeklagt? Wäre es nicht besser für alle Beteiligten gewesen, Ihr hättet auch das verschwiegen?"

Carlo musste eine ganze Weile überlegen, bevor ihm eine Antwort einfiel: „Die Nachbarn wussten bereits vom Tod des Mädchens und wie wäre ich dagestanden, wenn heraus gekommen wäre, dass ich mich geirrt habe? Man hätte mich ausgelacht, ich hätte mich nicht mehr in dem Dorf sehen lassen können. Und wie hätte ich das meinem Abt erklären sollen?"

Edoardo wollte etwas sagen, doch ich fiel ihm ins Wort: „Das ergibt keinen Sinn. Wenn Ihr die ganze Wahrheit gesagte hättet, wenn Ihr die Sünde des Mädchens und die Tat von Marta ebenfalls angezeigt hättet, wäre Euch das Lob und die Anerkennung Eures Abtes, ja Eures ganzen Ordens gewiss gewesen."

Der Abt Edoardo ahnte langsam worauf ich hinaus wollte und sagte: „Welches Fehlverhalten Carlo sich auch immer schuldig gemacht haben mag, er tat es aus reiner Barmherzigkeit, und wir werden zu gegebener Zeit im Konvent darüber zu richten haben. – Wenn wir also die neuen Erkenntnisse in Bezug auf die Hexe…"

„Es fehlt noch eine wichtige Information", sagte ich laut und deutlich.

„Nein, wir haben genug gehört, lasst uns nun den Fall abschließen." Edoardo sah zu meinem Onkel, doch der sah weiter zu mir.

„Demnach wisst Ihr, wer der Vater des Kindes der Sünderin Valentina ist?"

Carlo sah erschrocken zu seinem Abt. „Das kann niemand beweisen!"

„Schweig, Du Schwachkopf!", zischte Edoardo.

„Valentina hat überlebt, sie kann es bezeugen."

„Niemand wird ihr glauben."

„Auch Rosa erwartet ein Kind von Carlo. Sie hat sich ihm hingegeben, um ihrer Nonna die peinliche Befragung zu ersparen, nicht wahr, Bruder Carlo? Und Gineva hat gestanden, um ihrer Enkelin noch weitere Belästigungen zu ersparen."

„Auch diese Rosa ist ein Weib und Weiber sind aufgrund ihrer geringeren Geisteskraft nicht als Zeugen bei einem Prozess zugelassen." Der Abt bereute sofort, was er gesagt hatte.

„Dieses Argument hätten wir als erstes vorgebracht, wenn es zu einem Prozess gegen Gineva gekommen wäre." Michele genoss sichtlich diesen Triumph. „Wenn Ihr die Weiber nicht sprechen lassen wollt, so doch ihre Bastarde. Wie Ihr wisst, ist der Mann das formgebende Prinzip und daher werden sich sicherlich in der näheren und weiteren Umgebung genug Kinder finden, die eindeutig Bruder Carlo als ihren Vater erkennen lassen."

„Pah, niemand kann mir das anhängen!" Carlo gab sich trotzig.

„Es liegt nun in Eurem Ermessen, wie Ihr weiter vorgehen wollt, verehrter Abt Edoardo. Eine Lüge für die Wahrhaftigkeit Gottes ist hier nicht zu rechtfertigen, denn diese Lüge würde nur dazu dienen, die Taten eines gefallenen Bruders zu verdecken. Wie Bruder Carlo schon sagte, wird er sich im Dorf nicht mehr sehen lassen können, denn die Frauen wissen, was er getrieben hat. Mit einem Schuldspruch der unschuldigen Gineva hätte er die Gerüchte vielleicht für eine Weile zum Verstummen gebracht, aber auf Dauer hättet Ihr sicherlich davon erfahren."

Am Gesicht von Abt Edoardo ließ sich nicht ablesen, ob er nicht längst davon gewusst hatte. Er versuchte noch ein letztes Mal, sein Gesicht zu wahren: „Also gut, Gineva ist dem natürlichen Gesetz gefolgt und hat ihre Gaben zum Guten eingesetzt. Sie hat das Leben der Sünderin Valentina gerettet und damit in Gottes Sinne gehandelt. Aber Marta wird ihrer gerechten Strafe nicht entgehen. Sie hat schwer gesündigt, sie hat ein ungeborenes Leben getötet."

„Wie wollt Ihr das beweisen?", fragte ich amüsiert.

„Wenn sie nicht das Kind ihrer Enkelin abgetrieben hätte, wäre dieser ganze Fall gar nicht erst ins Rollen gekommen."

„Wie wollt Ihr das beweisen?", fragte ich erneut.

Der Abt überlegte, sah Carlo an, sah uns an und dann schien er zu verstehen. Marta würde natürlich alles abstreiten. Niemand außer Carlo konnte es bezeugen und Carlo konnte er nicht als Zeugen benennen, denn Carlo war ja als Vater des Kindes, die eigentliche Ursache für den ganzen Schlamassel, in dem der Abt sich befand.

Carlo schien ebenfalls zu begreifen, dass seine Schuld nun nicht mehr zu vertuschen war. Er sprang auf mich zu und wollte mich am Kragen packen. Dabei rief er: „Du kommst auch noch dran, wart's nur ab!"

Michele fasste Carlos Kapuze und zog ihn mit einem so starken Schwung von mir weg, dass Carlo auf den Boden fiel. „Lasst Eure schmutzigen Finger von Bruder Enrico oder wollt Ihr Euch nun auch noch an jungen Mönchen vergehen?"

Der Abt war so wütend auf seinen Vertrauten, dass er ihm einen Tritt mit dem Fuß gab und aus der Bibliothek warf.

Erst jetzt bemerkten wir, dass mein Onkel zusammengesunken und ohnmächtig auf seinem Stuhl saß.

Gineva und Rosa wurden umgehend aus dem Kerker geholt und man gab ihnen eine warme Kammer im Gästehaus des Klosters. Sobald mein Onkel reisefähig war, würden sie uns begleiten. Die beiden Frauen sollten eine kleine Scholle in der Nähe des Klosters Montecassino erhalten. Abt Edoardo war bereit, für das noch ungeborene Kind zu sorgen und stellte eine großzügige Summe bereit.

Carlo verließ schon am nächsten Tag das Kloster. Er hatte den Auftrag bekommen, sich einer Gruppe von Dominikanern anzuschließen, die bald aufbrachen, um nördlich der Alpen Gottes Wort zu verbreiten. Da er ein ausgezeichneter Schreiber war und die Schriften des Magister Thomas gut kannte, waren seine Fähigkeiten hoch geschätzt.

Thomas schrieb mir einst in einem seiner wunderbaren Briefe: *Gott wird durch Schweigen geehrt – nicht weil wir von ihm nichts zu sagen oder zu erkennen vermöchten, sondern weil wir wissen, dass wir unvermögend sind, ihn zu begreifen.*
Diese Worte muss auch Abt Edoardo gekannt haben, denn er legte den Mantel des Schweigens über diesen Fall.

„Wohin wir naturhaft hinneigen, das unterliegt nicht der freien Entscheidung."

Thomas von Aquin

Mein Onkel war schwach, doch er drängte auf eine schnelle Heimreise. Abt Edoardo war sichtlich erfreut, diesen nun gänzlich unliebsamen Besuch so schnell wieder los zu werden und stattete uns großzügig mit ausreichend Proviant und einem bequemen Fuhrwerk aus, in dem mein Onkel liegend reisen konnte.

Nachdem wir außer Sichtweite des Klosters waren, bestand Giovanni darauf, dass Gineva ebenfalls in diesem Fuhrwerk Platz nahm. So verbrachten ein Abt und eine vermeintliche Hexe mehrere Tage und Nächte in ein und demselben Bett, ohne dass wir auch nur einmal den Teufel zu Gesicht bekamen, wie es doch zu erwarten gewesen wäre. Sie redeten und lachten, dass wir anderen fast glaubten, dort unter der Plane verstecke sich ein junges Liebespaar. In den Gesichtern von Michele und Rosa sah ich, dass auch sie sich mit mir freuten, dass nun endlich alles gut werden würde. Endlich waren alle um mich versammelt, die mir etwas bedeuteten. Gineva und Rosa würden in Zukunft in der Nähe des Klosters Montecassino leben und ich konnte sie so oft besuchen wie ich wollte. Ich weiß noch, wie vergnügt ich auf meinem Pferd saß und hoffte, dass mich auf Montecassino ein Brief von Thomas erwarten würde.

Ja, es erwarteten mich sogar mehrere Briefe, in denen sich Thomas beklagte, dass ich ihm so lange nicht geschrieben hatte und in denen er mich jedes Mal erneut aufforderte, bald wieder nach Neapel zu kommen, damit wir unsere so überaus interessanten Diskussionen wieder von Angesicht zu Angesicht führen könnten. Gott erfüllte ihm diesen Wunsch, doch nicht so, wie Thomas es sich vorgestellt hatte.

Ich schrieb ihm von meinen Erfahrungen mit seinen dominikanischen Brüdern und ihrer Auffassung von Wahrheit und Lüge und vertröstete ihn ein weiteres Mal.

Gineva wollte so schnell wie möglich in ihr neues Zuhause, damit alles vorbereitet wäre, wenn das Kind, das Rosa unter ihrem Herzen trug, kommen würde. Michele wollte ihnen ein festes, großes Haus im Dorf am Fuße des Klosters geben, doch Gineva lehnte ab. Sie wollte abseits der Menschen leben, versteckt vor der Welt, wollte ihrer Enkelin die Anfeindungen, wegen des Bastardes, ersparen. Giovanni meinte, dass er persönlich für die Legitimität des Kindes bürgen würde, da der Vater bei einem Unfall umgekommen sei. Und wer würde einem Abt widersprechen? Gineva bestand auf einem Versteck. Sie muss geahnt haben, was kommen sollte.

Es fand sich eine kleine verlassene Jagdhütte in einem tiefen Wald, die, wie ich später von meinem Onkel erfuhr, auch der Zufluchtsort von Luca gewesen war, wenn er dem Leben im Kloster entfliehen konnte. Wir waren alle um ihre Sicherheit besorgt, doch Gineva sollte Recht behalten. Die Unkenntnis der Menschen, die Anonymität ist oft der beste Schutz vor den Wirren des Lebens. Nur Giovanni, Michele und ich wussten, wo die beiden sich aufhielten. So oft es ging, besuchten Michele und ich sie. Wir gaben vor, die Ländereien zu inspizierten. Um keinen Verdacht zu erregen, kauften wir auf den Märkten in der Umgebung Vorräte, die wir ihnen mitbrachten. Niemand im Kloster sollte uns auf die Spur kommen.

Als sie genug Vorräte für den Winter hatten, wollte ich meine Studien wieder aufnehmen, wollte wieder mit meinem Onkel über philosophische Themen diskutieren. Doch er hatte seine Freude daran immer noch nicht wieder gefunden. Eines Morgens kam er nicht aus seiner Kammer. Als ich nach ihm sah, fand ich ihn neben seinem Bett liegen. Er konnte sich nicht mehr bewegen. Mit Hilfe von Michele setzten wir ihn auf einen Stuhl. Sein rechter Arm, sein rechtes Bein, ja seine ganze rechte

Gesichtshälfte hing leblos herunter. Er konnte nicht mehr sprechen. Mein Onkel, der sein Leben lang ein großer, schlanker, stattlicher, ein wirklich schöner Mann gewesen war, war über Nacht zu einem Krüppel geworden. Der Speichel lief aus seinem Mund und nichts als unverständliches Gestammel kam aus seinen einstmals so vollen Lippen. Er sah uns mit zutiefst traurigen Augen an. Auch Michele erschrak. Er nahm seinen Geliebten in die Arme und drückte ihn an sein Herz. Ein Schluchzen durchfuhr Michele, Tränen rannen über sein Gesicht und benetzten die Tonsur meines Onkels, der ebenfalls weinte.

Wir wussten, der Tod war schon in diesem Raum.

Darauf war ich nicht vorbereitet gewesen.

„Mein Onkel, mein über alles geliebter Onkel, verlasst mich nicht!" rief ich verzweifelt. Ich kniete mich hin, nahm seine rechte leblose Hand, küsste sie und drückte sie ganz fest. Diese Hand war schon kalt.

Giovanni war der erste, der den Weg aus den Tränen fand. Mit seiner linken Hand gab er Michele zu verstehen, dass es an der Zeit war, Vorkehrungen zu treffen. Michele beruhigte sich und nickte ihm zu. Ich brauchte am längsten, um diesen Schmerz vorübergehend zu verdrängen. Ich führte seinen rechten Arm auf seinen Schoß und mein Onkel hielt ihn mit seiner linken Hand fest, so dass man nicht sofort erkannte, wie schlimm es um ihn stand.

Michele zog aus der Kutte meines Onkels einen verborgenen Gürtel, den er mir gab. Es war ein langes Band aus grobem Stoff, in das viele kleine Goldmünzen eingenäht waren.

„Das ist für Euch, es soll Euch über die nächsten Monate bringen, Euch in ein neues Leben helfen."

Beide sahen mich traurig an.

„Ihr müsst weg von hier, Enrico, so schnell als möglich", sagte Michele, als er sah, dass ich nicht reagierte.

„Kann ich denn nicht hier bleiben, hier bei Euch, Michele?"

„Das ist zu gefährlich, liebste Enrica, ich werde Euer Geheimnis nicht schützen können. Sobald ein neuer Abt bestimmt ist, wird man mich hier nur noch dulden, ich werde keinerlei Einfluss mehr haben. Im Gegenteil, man wird mich büßen lassen, für all die Gefälligkeiten, die ich nicht gewährt habe. Und das gleiche würde auch Euch blühen. Als „Neffe" des ehemaligen Abtes wäret Ihr Freiwild für alle, die Euren Onkel zu Lebzeiten nicht gemocht haben. Glaubt mir, Enrica, Ihr wäret hier nicht mehr sicher."

Er hatte Recht, ohne meinen Onkel, ohne den Schutz eines mächtigen Mannes, war ich hier nicht mehr sicher. Aber wo würde ich in Sicherheit leben können? Darüber hatte ich mir nie Gedanken gemacht. Giovanni war immer bester Gesundheit gewesen und ich hatte immer geglaubt, dass er noch viele, viele Jahre leben würde. Und ich hatte wirklich vergessen, dass sich unter der Kutte eines Mönches der Körper einer Frau versteckte und dieser Betrug jederzeit entdeckt werden könnte. Ich hatte gelebt, als ob ich immer als Mönch weiter leben könnte. Erst an diesem Morgen, als mein über alles geliebter Onkel dem Tode geweiht war, musste ich mich daran erinnern, dass ich eine Frau war.

„Ihr müsst sofort los, weit weg von hier, bevor sich die Nachricht im Kloster verbreitet hat. Nehmt Euch das beste Pferd und flieht, sofort!" Michele wurde energisch.

„Aber wo soll ich denn hin?" rief ich verzweifelt.

„Tut das, was Enrico immer getan hat, geht auf Reisen."

Mein Onkel stammelte etwas Unverständliches. Michele sah zu ihm hin und nickte. Dann machte er sich am Hals meines Onkels zu schaffen und zog ein dünnes Lederband hervor. An diesem Lederband hing ein kleines dunkles Kreuz, anders als das Kreuz, an dem Christi gekreuzigt wurde. Es war ein gleichmäßiges Kreuz, alle vier Seiten gleich lang. In der Mitte war ein Fisch eingraviert. Ich hatte es noch nie gesehen, mein Onkel hatte es immer vor mir verborgen.

„Mit diesem Kreuz werden Euch alle Türen in allen Klöstern geöffnet, wo immer Ihr auch hinkommt. Es legitimiert Euch als Mitglied einer geheimen Bruderschaft, die im Auftrag des Papstes überall auf der Welt Nachrichten überbringt."

Dieses Kreuz war aus einem schwarzen, glänzenden Stein. Es lag weich in meiner Hand und ich spürte die Wärme meines Onkels. In seinen Augen lag so viel Abschiedsschmerz, dass ich wieder weinen musste.

Michele legte mir das Band um und sagte: „Versteckt es immer gut. Zeigt es nur, wenn unbedingt nötig. Man wird Euch überall Unterkunft und Verpflegung gewähren, Ihr müsst Euch nur vor allzu neugierigen Fragen in Acht nehmen. Am besten bleibt Ihr immer nur eine Nacht und reist gleich weiter. Versucht, ins Ausland zu kommen und beginnt ein neues Leben."

Mein Onkel und Michele hatten nie vergessen, dass ich nicht sein Neffe war, sie hatten sich Gedanken gemacht, sie waren vorbereitet. Wenn vielleicht auch sie nicht mit diesem schnellen Ende gerechnet hatten.

Ich verbarg auch den Gürtel unter meiner Kutte. Dann umarmte ich meinen Onkel ein letztes Mal. Michele gab mir zum Abschied einen Kuss auf die Stirn.

Noch bevor mein Pferd gesattelt war, wusste ich, wohin es mich bringen würde. Es gab nur einen Menschen auf dieser ganzen Welt, bei dem ich sicher sein würde.

„Dem Menschen ist es natürlich, durch das Sinnliche zur Erkenntnis des Geistigen zu gelangen."

Thomas von Aquin

„Ich habe eine Nachricht für Thomas von Aquin." Das kleine schwarze Kreuz öffnete mir tatsächlich alle Türen. Als ich am Abend des 05. Dezember im Jahre des Herrn 1273 in Neapel ankam, ließ man mich ohne weitere Fragen direkt zu ihm. Man wollte zwar zuvor noch Reginald rufen, doch ich ging geradeswegs zu der Kammer, in der Thomas mich einst in seinen Armen gehalten hatte.

„Ihr könnt den Magister jetzt nicht stören." Reginald stand vor seiner Tür. „Ruht die Nacht und kommt morgen erholt wieder."

„Er sagte, ich dürfe jederzeit zu ihm", beharrte ich und rief es so laut, dass Thomas es in seiner Kammer hören konnte. Und tatsächlich hörte ich durch die Tür seine Stimme: „Was ist denn los, Reginald?"

„Nichts, was nicht bis morgen warten könnte..." sagte Reginald.

„Ich bin es, Enrico, verehrter Magister." Meine Stimme war lauter.

„Enrico? – Ist das auch wirklich wahr, Reginald?"

„Ja, Bruder Thomas, aber ich sagte ihm schon, dass Ihr jetzt nicht gestört werden wollt."

Statt einer Antwort hörten wir lautes Gepolter und Reginald wurde ganz blass. Für einen Augenblick zögerte er, dann riss er die Tür auf, wollte sie gleich wieder hinter sich schließen, doch ich drängte mit hinein. Thomas lag ohnmächtig auf dem Boden. Er war fast unbekleidet, lediglich ein Lendenschurz bedeckte sein Geschlecht. In einer Hand hielt er einen Brief, der von mir war, wie ich augenblicklich an der Handschrift erkannte. In der anderen Hand eine Geißel. Dann sah ich das Blut, das aus den Wunden auf seinem Rücken auf den Boden tropfte.

„Verlasst sofort diese Kammer!" schrie Reginald mich an. Er beugte sich über Thomas und bettete seinen Kopf in seinen Händen.

Thomas kam wieder zu sich. Er sah von Reginald zu mir und wieder zu Reginald. „Er ist wirklich da?" fragte er noch immer ungläubig.

„Ja, Enrico ist hier. Aber Ihr braucht Ruhe, morgen ist auch noch ein Tag."

Ich reichte Thomas einen Becher mit Wein zur Stärkung. Er nahm ihn gerne, streichelte dabei über meine Hände und trank einen Schluck. Dann richtete er sich auf und sagte: „Lasst es gut sein, geschätzter Reginald. Wenn Gott mich prüfen will, so werde ich mich dieser Prüfung stellen."

„Aber…" versuchte Reginald ein weiteres Mal seinen über alles geliebten Bruder Thomas von Aquin vor mir zu beschützen.

„Kein aber, Reginald. Lasst mich mit Enrico allein." Thomas' Tonfall ließ keinen Widerspruch zu. Reginald sah mich hasserfüllt an, deutete eine Verbeugung an und verließ die Kammer.

„Warum?" fragte ich Thomas, als ich seinen Rücken sah, der über und über mit frischen Wunden und alten Narben bedeckt war.

„Ihr wisst es wirklich nicht?" Er sah mich traurig an.

Nein, daran hatte ich nie gedacht, nicht im Entferntesten. Seine Zuneigung war offensichtlich gewesen, sicherlich, aber dass sie so weit ging?

„Ich glaubte, Ihr seid über diese Art der Sinnlichkeit erhaben", sagte ich vorsichtig.

„Das dachte ich auch, bis der Herr Euch schickte." Er setzte sich schwerfällig auf seinen Stuhl. Ich ging um ihn herum, nahm die Serviette vom Tisch, die noch sauber war und tupfte damit seine Wunden am Rücken vorsichtig ab. Er zuckte immer wieder zusammen, doch ich merkte auch, wie sehr ihn meine Berührungen beglückten.

„Gott der Herr hat Euch geschickt, um mich zu prüfen, das wurde mir schon nach unserer ersten Begegnung bewusst. Zuerst dachte ich, er wolle mich nur erfreuen, in dem er einen jungen, wissbegierigen und scharfsinnigen Mönch zu mir schickt. Doch schon Eure letzte Frage an jenem denkwürdigen Tag, ob denn jener Baron ein gerechter Herrscher sei, wenn er die ihm anvertrauten Menschen vernachlässigt, um mit all seinen Gaben dem Papst und damit Gott zu dienen, war ein Zeichen."

Ich hätte ihn fragen sollen, zu welchem Ergebnis er denn gekommen sei, doch es interessierte mich in diesem Moment nicht. Vor mir saß der größte Philosoph unserer Zeit, zusammengesunken vor Schmerzen, die er sich selbst zugefügt hatte. Behutsam nahm ich ihm zuerst die Geißel aus der einen Hand und legte sie weg. Dann wollte ich ihm den Brief aus der anderen Hand nehmen, doch er ließ nicht los. Stattdessen ergriff er mit der freien Hand meine Hand und hielt sie fest. Dann führte er sie zum Mund und küsste sie behutsam. Dabei rutschte mein Ärmel zurück und er sah die Narben des Feuers.

„Was ist passiert?" fragte er erschrocken.

„Oh, nichts weiter, es war nur ein Spaziergang durch die Hölle", versuchte ich, das ganze lächerlich erscheinen zu lassen, doch er ging nicht darauf ein. Er wollte den Ärmel weiter nach hinten schieben, um zu sehen, wie weit die Narben gingen, doch ich entzog mich ihm schnell und verbarg meine Arme wieder unter der Kutte.

„Sagt mir, Enrico, was ist passiert?" Er sah mich ernst an.

„Ein großes Feuer, dem ich knapp entkam und das ich nur mit Hilfe der Kunst einer Heilerin überlebte", sagte ich wahrheitsgemäß.

„Dann habt Ihr schon weit Schlimmeres erlebt, als die Anzahl Eurer Jahre vermuten lassen."

Ich nickte nur, - wie Recht er hatte. Um ihn abzulenken sagte ich: „Ihr müsst Euch wieder anziehen, es ist kalt und Ihr habt kein Feuer in Eurer Kammer. Ihr dürft Euch keine Erkältung zuziehen!"

„Ihr sorgt Euch um mich, so wie Ihr Euch immer um Euren Onkel sorgt", sagte er bedeutungsvoll.

Seine Kutte lag zerwühlt auf seinem Bett und ich fand erst nach einigem Suchen sein Unterkleid. Er nahm es zögerlich, überlegte einen Augenblick und ließ dann doch seinen Gedanken freien Lauf: „Sagt mir Enrico, ist Giovanni wirklich Euer Onkel?"

„Ja, was immer man Euch eingeredet haben mag, Giovanni war mein Onkel. Und ich liebte ihn von ganzem Herzen, aber nicht so, wie Ihr vielleicht glaubt. Er war wie ein Vater für mich, schon von Kindesbeinen an." Nur mit Mühe konnte ich meine Tränen zurück halten.

„Ihr sagtet ‚war'?" fragte Thomas überrascht.

„Er ist…" Nun rannen doch Tränen über mein Gesicht.

Etwas unschlüssig, was er tun solle, stand Thomas da, noch immer halb nackt, in der einen Hand meinen Brief, in der anderen sein Unterkleid. Schließlich legte er beides auf den Tisch und nahm mich in seine starken Arme.

In den Armen dieses großen Mannes fühlte ich wieder diese Geborgenheit, die er mir schon einmal in diesem Raum gegeben hatte. Ich fühlte mich sicher und endlich fiel die Anspannung der letzten Tage von mir ab und die Trauer über den Tod meines Onkels packte mich. Ich weinte aus tiefster Seele über diesen Verlust. Thomas hielt mich ganz fest und nach einer Weile summte er wieder ‚*Adoro te devote*'.

Irgendwann ließen die Tränen nach und ich erwachte aus meinem Schmerz. Erst da wurde mir bewusst, wie nah ich Thomas wirklich war. Mein Gesicht drückte er an seine nackte Brust und sein Duft weckte ein Gefühl in mir, welches ich niemals zuvor für ihn empfunden hatte. Diese Nähe, diese unmittelbare körperliche Nähe stand in Einklang mit der Nähe, die uns bisher nur geistig verbunden hatte. Diese Nähe war auf einmal so selbstverständlich, als ob es nie anders gewesen wäre. Auch als er meinen Kopf in seine Hände nahm, mich liebevoll ansah und langsam, unendlich zögerlich anfing zu küssen, hat es nie etwas anderes gegeben, als uns beide in diesem Augenblick. Ich schloss meine Augen, seine Berührung genießend und erwiderte seinen Kuss. Aus der anfänglichen Zärtlichkeit entwickelte sich unabdingbar eine fordernde Leidenschaft, der ich mich aber nicht hingeben wollte.

„Nein", sagte ich verwirrt und erhitzt von der Energie, die uns durchströmte.

Erschrocken ließ er mich los, drehte sich zum Kreuz an der Wand und bat Gott um Vergebung.

„Vater im Himmel, vergib mir meine Schwäche und gib mir die Kraft, zu widerstehen!"

So blieb er in tiefem Gebet lange stehen. Noch immer zur Wand gerichtet nahm er sein Unterkleid vom Tisch, zog es an, dann ging er zum Bett, zog seine Kutte an, richtete sich auf und bot mir Platz auf seinem Stuhl, als ob ich gerade erst gekommen wäre. Er selbst blieb stehen und fragte mich höflich reserviert: „Was hat Euch hergeführt, lieber Enrico, so überraschend und zu später Stunde?"

„Ich kam, um Euer Angebot anzunehmen, meine Ausbildung hier bei Euch zu vollenden", antwortete ich genauso reserviert.

„Warum habt Ihr Euer Kommen nicht angekündigt? Ihr hättet Reginald viel Aufregung erspart!" Er tadelte mich, wie einen unzuverlässigen Schüler.

„Nun, ich sehe, dass mein Onkel Recht hatte, als er mir sagte, ich dürfe Eure Einladung nicht zu ernst nehmen, sie sei nur aus Höflichkeit ihm gegenüber ausgesprochen worden." Enrico der Mönch erhob sich und ging zur Tür.

„Nein, bleibt!" rief er fast verzweifelt. „Gott der Herr hat meine Gebete erhört und Euch zu mir geschickt. Allein ich begreife erst jetzt, da Ihr tatsächlich hier seid, welche Prüfung er mir damit auferlegt hat." Er setzte sich schwerfällig auf sein Bett und bat mich, wieder Platz zu nehmen. Er senkte den Kopf und wieder schwieg er eine ganze Weile. Dann sah er mich an und sagte: „Wenn ich Euer Antlitz schaue, dann ist mir, als ob ich Gott schaue. Wenn Ihr in meiner Nähe seid, dann spüre ich Gottes Nähe. Immerzu möchte ich Euch berühren, wie ich Gott berühren möchte. Ich liebe Euch, wie ich zuvor nur Gott geliebt habe."

Seine Verzweiflung berührte mich. Niemals hätte ich erwartet, dass dieser grandiose Denker, dieser von Gott erleuchtete Magister, mehr als nur väterliche Gefühle für mich empfinden würde. Und vielleicht war es jener Augenblick, in dem er mir seine Liebe gestand, in dem Enrica endgültig wieder erwachte. Denn ich erinnerte mich plötzlich, wie Enrica, als Mönch verkleidet, dem beleidigten Ochsen in die Ecke jenes Scriptoriums gefolgt war, um mit ihm zu sprechen. Ich erinnerte mich, dass Enrica von Anfang an fasziniert von diesem großen, kräftigen und zugleich verletzlich wirkenden Magister war.

„Erinnert Ihr Euch an unsere erste Begegnung? Ich hob ein Blatt für Euch auf, das Gedicht des Aristoteles an seinen Freund Hermias. Ich tat es, obwohl mein Onkel mir zuvor verboten hatte, auch nur ein Wort zu sagen. Ich konnte nicht anders. Es war, als ob Gott mich geführt hätte. Auch unsere Unterhaltung, ich wollte nichts sagen und doch war es, als ob Gott mir die Gedanken und Worte gab, die Euch zum Nachdenken brachten. Ich fühlte von Anfang eine Vertrautheit mit Euch, wie sie nicht sein konnte, waren wir uns doch noch nie zuvor begegnet."

„Ja, es waren Eure Worte, die auch in mir schnell eine Vertrautheit aufkeimen ließen, wie sie nur sehr selten zu meinen Mitbrüdern entsteht. Und ja, es waren Eure Worte, die zuerst nur meinen Geist und dann auch mein Herz berührten." Thomas sah mich glücklich an. „Das Gedicht des Aristoteles war ein Zeichen Gottes und von jenem Augenblick an war es mein sehnlichster Wunsch, Euch für immer in meiner Nähe zu haben."

„Nun bin ich hier, hier in Eurer Nähe und es ist der einzige Ort auf der Welt, an dem ich sein möchte."

Er stand auf, ging in seiner Kammer umher und sagte: „Unmöglich kann ein naturhaftes Begehren vergeblich sein. Gott hat unsere Wege zusammen geführt und Gott wird uns auf unserem weiteren Weg leiten!"

„In einem Eurer wunderbaren Briefe stand einst: *Die Vollendung des Menschen besteht in der Liebe, welche den Menschen mit Gott verbindet.* Diese Worte haben mich immer begleitet, denn es ist wahr, der Mensch findet seine Vollendung in der Liebe."

„Als ich diese Worte schrieb, kannte ich nur die Liebe zu Gott. Nun kenne ich auch die Liebe zwischen den Menschen." Er nahm meine Hände und zog mich zu sich und sah mir tief in die Augen. „Der Philosoph hatte Recht, wahre Liebe kann es nur zwischen Menschen von gleichem Wert geben. Erst in Euch habe ich einen Menschen getroffen, der das Gefühl der Liebe in mir erweckt hat. Ich liebe Euch, wie ich nie einen Menschen geliebt habe." Dann küsste er meine Hände wieder und wieder, schob den Ärmel zurück und küsste die Narben an meinen Armen.

„Gott scheint mich zu prüfen, denn ich verspüre ein Verlangen, wie ich es nie gekannt habe. Ja, es ist wahr, die Sexualität ist Ausdruck der Liebe und zum ersten Mal in meinem Leben möchte ich eine Sünde begehen und diesem Verlangen nachgeben."

„Alle Dinge werden zu einer Quelle der Lust, wenn man sie liebt", antwortete ich ihm mit seinen eigenen Worten.

„Auch das meinte ich anders, als ich es Euch schrieb." Er wollte mich wieder auf den Mund küssen, doch er widerstand. Meine Hände noch immer haltend sah er mich traurig an. „Es ist wider die Natur."

„Unsere Liebe ist nicht wider die Natur." Ich spürte diese tiefe Liebe, die er für mich empfand und glaubte, diese Liebe würde alles überwinden.

Er nahm mich in seine Arme, drückte mich an sich und sagte mehr zu sich selbst: „Die Homosexualität ist eine Sünde wider die Natur. Die Vernunft ist dem Menschen Natur. Was also immer wider die Vernunft ist, ist wider des Menschen Natur."

„Aber habt Ihr denn nicht meinen Brief dazu gelesen…? Ich wollte ihm in die Augen schauen, doch er hielt mich weiter fest an sich gedrückt.

„Oh, doch und wenn ich ihn auch sofort verbrannte, so haben Eure Worte mich doch noch lange beschäftigt. Wenn Eure Argumente auch richtig sein mögen, dass die Homosexualität die einzig logische Konsequenz daraus ist, dass es wahre Liebe nur zwischen Menschen von gleichem Wert geben kann, so glaube ich doch, dass die Homosexualität eine schwere Sünde ist. Und wie Ihr wisst, ist der Glaube der Vernunft stets überlegen."

Auch in jenem Moment war der Glaube der Vernunft überlegen. Hätte meine Vernunft mich geleitet, hätte ich es bei dieser Umarmung belassen, hätte ihn zurück gewiesen und ihn in dem Glauben gelassen, dass seine Liebe zu mir eine schwere Sünde war. Doch auch seine Vernunft war in jenem Moment nicht in diesem Raum, denn er gab sich seinen Gefühlen einfach hin und bald spürte ich seine Erregung mehr als deutlich. Vielleicht war es diese elektrisierende körperliche Nähe, vielleicht waren es seine Küsse, mit denen er mein Gesicht so zärtlich liebkoste, die meinen Verstand benebelten und mich glauben ließen, ich würde ihm einen Gefallen tun, wenn ich ihn von diesem Irrtum befreite.

„Unsere Liebe ist keine Sünde, denn ich bin kein Mann."

Er küsste mich weiter und ich glaubte schon, er hätte es von Anfang an gewusst, doch dann hielt er inne und sah mich an.

„Natürlich seid Ihr ein Mann, wenn auch noch recht jung und zart." Er lächelte mich liebevoll an, aber in seinem prüfenden Blick sah ich die ersten Zweifel.

„Nein, Thomas, ich bin eine Frau", beharrte ich voller Liebe und Zuversicht.

„Das ist ganz unmöglich, eine Frau könnte niemals…" Noch während er es sprach, wanderten seine Hände zu meinem Schoß. Als er dort nicht die gleiche Erregung fand, die in seinem Schoß herrschte stieß er mich so heftig von sich, dass ich auf den Boden fiel, mit dem Kopf gegen die Bettkante prallte und ihn schreien hörte: „Weiche von mir Satan!"

*„Wahrheit ist die Übereinstimmung von
Denken und Sein."*

Thomas von Aquin

F ür einen kurzen Augenblick muss ich die Besinnung verloren haben, denn als ich wieder zu mir kam, stand Thomas in der anderen Ecke des Raumes bewaffnet mit einem Schürhaken.

Mein Kopf schmerzte, doch noch mehr schmerzte seine brutale Zurückweisung. Niemand, niemals mehr, hatte ich mir damals geschworen, als ich Lorenzo das Schwert in seine Brust gestoßen hatte. Niemand, auch nicht der große Magister Thomas von Aquin, hatte das Recht, mich so zu behandeln. Als ich ihn dort in der Ecke stehen sah, kampfbereit und hasserfüllt, wusste ich, dass ich erneut um mein Leben kämpfen musste, dass ich wieder gezwungen war, mich der Waffe zu bemächtigen, die mein Gegner gegen mich richtete. Doch dieses Mal war es kein Schürhaken, den ich fürchten musste, es waren die Worte, die gegen mich gerichtet waren und die mich auf den Scheiterhaufen bringen konnten.

Als ich langsam aufstand wusste ich bereits, dass ich auch ihm den tödlichen Stoß versetzten würde.

„Warum sollte der Teufel sich Euch in Gestalt einer Frau nähern?" fragte ich höhnisch.

„Um mich zu verführen", sagte er ohne nachzudenken.

„Dann unterschätzt Ihr den Teufel und tut ihm unrecht, denn er weiß sicherlich, dass die Gestalt einer Frau Euch doch eher abschreckt. Der Teufel weiß bestimmt, dass er Euch nur mit klugen Gedanken und Worten verführen könnte."

„Und doch seid Ihr der Teufel, wer sonst könntet Ihr sein?" Thomas wirkte verwirrt.

„Nein, verehrter Magister, ich bin nicht der Teufel, ich bin eine Frau, wie sie in Eurem Denken nicht vorstellbar ist."

„Das ist nicht möglich! Eine Frau wäre niemals in der Lage solche Gedanken zu äußern. Ihr seid der Teufel und habt die Gestalt von Enrico angenommen, um mich zu verführen." Er war sich so sicher.

„Ja, wenn ich der Teufel wäre, dann hätte ich die Gestalt dieses jungen Mönches angenommen, um Euch zu verführen. Was ich im Übrigen nicht getan habe. Ihr habt versucht, mich zu verführen!".

„Schweig Du Satan, Du teuflischer Dämon, willst Du nun auch noch mir die Schuld dafür geben?" schrie er hysterisch. „Gott ist mein Zeuge, dass ich nichts von diesem Betrug wusste!"

„Verzeiht, Magister Thomas, wenn ich Eure Gedanken korrigiere, aber das ergibt keinen Sinn. Wenn ich der Teufel wäre, so hätte ich mein Ziel doch erreicht gehabt, als Ihr bereit wart, die Sünde der Homosexualität mit mir zu begehen. Dann hätte ich Euch die Freuden der Lust geschenkt, um Euch hinterher der Verdammnis preis zu geben. – Doch ich bin nicht der Teufel, ich bin nur eine Frau, die Euch gerade davor bewahren wollte. Ich wollte Euch zeigen, dass die Liebe, die Ihr empfindet und, die ich erwidere, keine Sünde ist, sondern eine Liebe, wie sie Gott gefällt, die Liebe zwischen Mann und Frau."

„Das kann nicht sein", sagt er zaghaft und ließ den Schürhaken sinken.

„Und doch ist es so. Schaut mich an, was hat sich verändert? Ich bin noch dieselbe, wie vor wenigen Augenblicken, als ihr mich über und über mit Küssen bedeckt habt."

„Da glaubte ich noch, Ihr seid Enrico."

„Mein richtiger Name ist Enrica. Es ist nur ein vertauschter Vokal am Ende meines Namens. Eine winzige Kleinigkeit, die alles für Euch ändert? Wo ist Euer Blick für die Essenz, für das Wesentliche? Ihr habt mich die Metaphysik gelehrt und nun seht Ihr nur das Akzidentelle, das Unwesentliche?"

„Ihr seid ein Weib!" langsam dämmerte ihm, dass ich doch nicht der Teufel war. „Essentiell an einem Weib ist ihr Geschlecht!"

„Ich bin ein Mensch, von Gott geschaffen, und meine Gabe, Euch zu verstehen, ja sogar zu hinterfragen, war bisher die Essenz, die Euch an mir gefiel. Diese Gabe ist noch immer vorhanden. Es hat sich nichts verändert."

„Es hat alles verändert! Ihr habt mich getäuscht! Ihr seid eine Hexe!" schrie er wütend.

„Ja, das habe ich, ich habe Euch getäuscht, von Anfang an. Was blieb mir auch anderes übrig? Eine Frau hättet Ihr nicht empfangen, geschweige denn mit ihr gesprochen. Als Mönch verkleidet durfte ich Euch kennen lernen und als Ihr erkannt habt, dass ich des Griechischen mächtig bin, wolltet Ihr mich gar nicht mehr gehen lassen. Hättet Ihr die Übersetzung auch mir, Enrica, *dem Weibe*, anvertraut?"

„Sicherlich nicht!"

„Warum nicht?"

„Weil ein Weib…"

„Weil es in Eurem Denken nicht vorstellbar ist, dass eine Frau etwas kann, das Euch selbst nicht möglich ist? Dass eine Frau eine Gabe besitzt, die Gott Euch nicht geschenkt hat?"

„Das kann nicht sein!"

„Und doch ist es so. Ihr selbst seid davon überzeugt, dass es die größte Wohltat ist, die man einem Menschen erweisen kann, wenn man ihn vom Irrtum zur Wahrheit führt. Und dass ich eine Frau mit diesen Gaben bin, ist eine Wahrheit, die Ihr ohne meine Täuschung nicht erkannt hättet."

Er schüttelte nur stumm mit dem Kopf.

„Auch Ihr stimmt Paulus in seinem Römerbrief zu, wenn er über die Lüge sagt: ,*Wenn aber Gottes Wahrhaftigkeit durch meine Lüge sich in ihrer ganzen Fülle gezeigt hat zu seiner Ehre, was werde ich dann noch als Sünder gerichtet?*' Dieses Argument hat übrigens erst kürzlich einer Eurer dominikanischen Brüder vorgebracht, als er ein unschuldiges Weib der Hexerei überführen wollte. Warum also sollte ich mich nicht dieses Argumentes bedienen?"

„Ihr zitiert, wie es Euch beliebt, ohne Sinn und Verstand", versuchte er, mich zu verunsichern.

„Ich tue es Euch gleich. Auch Ihr zitiert, wie es Euch beliebt. Um die Minderwertigkeit der Frau zu beweisen, habt Ihr Aristoteles zitiert, obwohl Euch bekannt gewesen sein muss, dass Platon, der der Lehrer des Aristoteles war, darüber ganz anders geschrieben hat. In seiner Politeia führt Platon ausführlich aus, dass auch dem Weibe in seiner Natur sämtliche Berufe zugänglich sind. Platon war also nicht der Meinung, dass das Weib minderwertig sei. Aber diese Meinung steht im Gegensatz zur Bibel, die ja Eurer Meinung nach die einzige Wahrheit ist. Also habt ihr nicht selbst nachgedacht, sondern einfach dort zitiert, wo es Euch gepasst hat. Warum steht Ihr mir dieses Recht nicht zu?"

„Es steht geschrieben: *Die Weiber seien untertan ihren Männern als dem Herrn*!" zitierte er nun seinerseits, wie es ihm gefiel, aber ich ließ ihn nicht weiter reden.

„Es steht viel geschrieben! Gerade Ihr, verehrter Magister Thomas von Aquin, wisst sehr wohl von den Anfängen des Evangeliums. In den alten Kirchenakten, die mein Onkel für Euch übersetzt hat, steht genau, wie die Heilige Schrift entstanden ist."

„Es war Euerm Onkel nicht erlaubt, diese Schriften weiter zu geben", sagte er entsetzt.

„Ihr habt ihm doch ausdrücklich erlaubt, dass ich ihm bei der Übersetzung behilflich sei", erinnerte ich ihn an seine eigenen Aussagen.

Er sah mich an, als ob er sich erst wieder erinnern musste, dass ich auch Enrico war. „Was auch immer Euer Onkel davon erzählt haben mag, es tut nichts zur Sache!"

„Ich habe selbst diesen Teil für Euch übersetzt und Ihr lobtet mich dafür in den höchsten Tönen."

„Sicher habt Ihr das alles nicht richtig verstanden,

wenn auch die Übersetzung recht gut war, wie ich mich erinnere", gab er widerwillig zu.

„Warum sollte ich nicht verstehen, was ich übersetze? - In den Anfängen des Christentums gab es viele verschiedene Evangelien und es gab verschiedene Ansichten, wie diese Evangelien auszulegen seien. Erst mit Kaiser Konstantin…"

„Das weiß ich alles bereits, da Ihr es mir ja – wie Ihr selbst sagtet, übersetzt habt", unterbrach er mich erneut.

„Ihr sagtet mir einst, dass Ihr es als größte Gnade in Eurem Leben empfunden habt, dass Ihr alles, was Ihr gelesen auch verstanden habt. Wenn Ihr mir nun die Ehre erweist und meine Ausführungen zu Ende anhört, dann werdet auch Ihr verstehen, was ein Weib Euch zu sagen vermag!" ließ ich mich nicht aus der Ruhe bringen. „Erst auf dem Konzil von Nizäa im Jahre 325, das Kaiser Konstantin I einberufen hatte, wurde die Heilige Schrift, wie wir sie heute kennen, zusammengestellt. Es wurden lediglich die vier Evangelien von Matthäus, Markus, Lukas und Johannes als die einzig wahren Evangelien in das Neue Testament aufgenommen, obwohl es weitaus mehr gab. Ja, es gab sogar ein Evangelium der Maria Magdalena."

„Ihr habt Eure eigenen Übersetzungen doch nicht verstanden, denn sonst wüsstet Ihr, dass diese Auswahl damit begründet wurde, dass die Autoren dieser Evangelien als Jünger Jesus Christus allein Zeugen der Ereignisse waren und daher die einzige Wahrheit sind." Thomas frohlockte.

„War Maria Magdalena nicht die einzige, die bei Jesus Auferstehung zugegen war? Wo waren da all seine männlichen Jünger? Sie war die einzige Zeugin der Auferstehung! Das berichten alle Evangelien übereinstimmend, aber ihr Evangelium …"

„Sie war eine Dirne!" protestierte er, als ob dieser Einwand ausreichen würde, ihre Aussage in Frage zu stellen.

„Die Apostel glaubten ihr! Warum nicht die Kirchenväter auf dem Konzil von Nizäa? – Lassen wir das, das führt zu nichts…"

„Gehen Euch die Argumente aus?" fragte er höhnisch und unwillkürlich musste ich an Lorenzo denken, wie er mit erhobenem Schwert vor mir stand, sicher mich im nächsten Moment mit einem einzigen Schlag zu töten.

„Auf was ich eigentlich hinaus will ist folgendes: Erst über 300 Jahre nach Christus wurde das Christentum vereinheitlicht, wurde es zu dem, was wir heute die Heilige Schrift nennen. In jenen 300 Jahren wurde seine Geschichte, seine Lehre zunächst mündlich und erst später schriftlich weitergegeben. Wie viel Wahrheit ging schon in diesem ersten Schritt verloren? Die ersten schriftlichen Zeugnisse wurden in Hebräisch verfasst, dann ins Griechische übersetzt und wieder später ins Lateinische. Ihr selbst wisst nur zu gut, wie viele Fehler sich allein bei der Übersetzung von einer Sprache in die nächste einschleichen.

Denkt nur an das Wort Jungfrau. Mein Onkel hat sich die Mühe gemacht und nach den Ursprüngen dieses Wortes gesucht. Im Hebräischen lautete es ‚*almah*', was einfach nur *junge Frau* bedeutet. Nachdem es eine griechische und lateinische Übersetzung hinter sich hat, ist es zu *Jungfrau* geworden und niemand zweifelt mehr daran, dass dies wahr ist, wenn eine jungfräuliche Empfängnis auch allem widerspricht, was in dieser Welt möglich ist!"

„Ihr faselt sinnlose Phrasen daher, die ihr in Eurem Unvermögen irgendwo aufgeschnappt habt." Er wollte mich nicht verstehen.

„So viele Fehlerquellen, schon in den ersten 300 Jahren! Ihr selbst seid der alten Sprachen nicht mächtig, seid auf gute Übersetzungen angewiesen. Doch könnt Ihr den Übersetzern immer trauen? Bedenkt, dass ein Jeder seine eigene Wahrheit mit in seinen Text legt. So wie Ihr die Eure Wahrheit mit in Eure Texte legt. Für Euch ist es wahr, dass die Frauen minderwertig sind und doch stehe ich vor Euch und argumentiere wie ein Mann. In Eurer Wahrheit kann es mich gar nicht geben. Lieber glaubt Ihr an den Teufel, als Eure eigenen Gedanken und Ansichten zu hinterfragen. Alles stellt ihr in Frage, was die Heiden, die Ungläubigen, die Juden sagen und denken, vor allem, was die Weiber sagen, doch Eures Gleichen nicht. Warum sollen alle anderen irren, doch die Kirchenväter nicht? Wie könnt Ihr da noch sicher sein, dass das, was geschrieben steht, Wort für Wort wirklich die Wahrheit ist?"

„Wenn Ihr ein Mann wäret, könntet Ihr Euch diese Frage selbst beantworten: Der Heilige Geist führt die Kirche zur Wahrheit! Der Heilige Geist war im Konzil von Nizäa zugegen und hat den Kirchenvätern den rechten Weg gezeigt." An dieser Wahrheit war nicht zu rütteln. „Kaiser Konstantin war ein weiser Mann, der das Christentum endlich von der Häresie und den Gnostikern befreit hat. Ihm ist es zu verdanken, dass wir uns heute auf Gottes Wort verlassen können, weil es geschrieben steht." Thomas wähnte sich auf sicherem Boden.

„Habt Ihr je darüber nachgedacht, dass allein die militärische Macht des Kaisers Konstantin über Wahrheit und Häresie entschieden haben könnte? Was, wenn der Kaiser sich anders entschieden hätte, wenn er sich nicht für die Buchstabengetreuen, die sich die orthodoxen, die katholischen nannten, sondern für die Gnostiker entschieden hätte? Wie Ihr wisst, herrschte auch auf dem Konzil ein heftiger Streit über die verschiedensten Themen. Letztlich hat die Wahrheit gesiegt, für die sich Kaiser Konstantin I entschied. Der militärischen Macht des Kaisers mussten sich schließlich alle anderen beugen. Wer die Macht hat, hat Recht?"

„Die Gnostiker und ihre Häresie waren von Anfang an ein falscher, ja gefährlicher Weg. Die Geschichte zeigt uns immer wieder, dass schwache, falsche Ideen früh sterben, während die starken und wertvollen überleben. Kaiser Konstantin I war ein großer und starker Mann, der das römische Reich wieder zu alter Größe geführt hat. Er hat weise entschieden, damals auf dem Konzil von Nizäa, das zeigt uns die heutige Größe der katholischen Kirche." Thomas argumentierte so sachlich, als ob er seinen Schüler Enrico unterrichten würde.

„Dann ist es also eine starke und wertvolle Idee, dass die Frauen minderwertig sind?"

„Es steht geschrieben…" wollte er wieder aus der Bibel zitieren, also musste ich wieder ihn selbst zitieren:

„Hier in diesem Raum, an diesem Tisch sagtet Ihr einst zu Enrico: ‚*Die Autorität darf und muss hinterfragt werden. Wichtig sind Argumente und Gründe, die das Ergebnis eines strengen und systematischen Denkens sind.*' Ich habe Euch soeben meine Bedenken, was die Glaubwürdigkeit der Heiligen Schrift anbelangt, ausführlich dargelegt. Kommt mir also nicht mit Zitaten daraus. Eurer Argumentation aus der Tierkunde des Aristoteles habe ich mit Platons Politeia widersprochen. Bringt mir einen Beweis, den ich akzeptieren kann!"

„Ihr versündigt Euch, wenn Ihr die Wahrheit der Heiligen Schrift so einfach verleugnet. Bedenkt, die Annahme des Glaubens ist freiwillig, den angenommenen Glauben beizubehalten aber notwendig. Ihr seid getaufter Christ, vom Glauben abzufallen ist daher die schwerste Sünde und Gott wird Euch dafür mit ewiger Verdammnis strafen."

„Gehen nun Euch die Argumente aus?", fragte ich ihn hämisch. „Fällt Euch nichts anderes ein, als mir mit der Hölle zu drohen? Ihr habt meine Narben gesehen, ich war bereits in der Hölle und, wenn Gott gewollte hätte, dann wäre ich längst der ewigen Verdammnis anheim gefallen. Stattdessen hat er mich zu Euch geschickt."

„Ihr seid ein Weib, Euch wird Gottes Wahrhaftigkeit niemals zu Teil werden", beharrte er unbelehrbar.

„Ihr könnt es nicht lassen, nicht wahr? Mein Onkel hatte Recht, Ihr seid kein Freigeist, kein Freidenker. Ihr habt keine neuen Ideen, keine eigenen Gedanken. Ihr habt

Euer Leben damit verbracht, alte philosophische Schriften zu durchforsten, um ein Buch, das vielleicht von Gott inspiriert, doch von Menschen geschrieben worden ist, ein Buch, voller Widersprüche und fragwürdiger Autoren, auf seine Wahrheit hin zu beweisen. Ihr habt Euren eigenen Anspruch, dass alles hinterfragt werden darf und muss, in Bezug auf die Bibel außer acht gelassen. Niemals habt Ihr auch nur einen Augenblick den kleinsten Zweifel an diesem Buch gehegt. Alle seine Widersprüche habt ihr noch erläutert und als göttlich gepriesen, und das auf so intelligente und sprachgewandte Weise, dass kaum einer Euch verstehen kann."

Er schüttelte stumm mit dem Kopf. Sein beharrlicher Widerstand reizte mich zu einem weiteren Angriff: „Wenn wir schon dabei sind, über Irrtümer zu reden: In Bezug auf die Sexualität habt Ihr ebenfalls Unrecht. Die Lust steht am Anfang, nicht am Ende, wie Ihr es definiert habt."

„Der Zweck der Sexualität ist die Fortpflanzung, daran kann es gar keinen Zweifel geben", sagte er voller Überzeugung und ich merkte, dass er sich auf sicherem Terrain wähnte.

„Das mag sein, aber Gott hat den Menschen die Lust geschenkt, damit sie sich fortpflanzen, nicht umgekehrt. Am Anfang der Sexualität steht die Lust und nicht der Gedanke an Fortpflanzung, oder habt ihr vorhin, als die Lust Euch beherrschte, daran gedacht, Euch fortzupflanzen?

Bei diesen Worten verließ ihn seine Kraft. Erschöpft setzte sich Thomas auf seinen Stuhl. Er starrte lange auf den Boden, so, als ob er all die vielen Worte und Argumente, die diesen Raum wie Schwerter durchkämpft hatten, sammeln und sortieren wollte. Eigentlich hätte er zum Brotkorb greifen und kauend den Tisch umrunden müssen, doch er blieb einfach gebeugt und mit hängendem Kopf sitzen.

Ich wusste, obwohl er meine Argumente als nicht überzeugend verworfen hatte, würde sein Verstand sie doch durchgehen und überprüfen. Ich wusste, sein Verstand musste mir Recht geben, wenn auch sein Glaube das nicht konnte. Was ich zu jenem Zeitpunkt noch nicht wusste, war, wie schwer ich ihn bereits getroffen hatte. Er hatte nicht nur alles noch einmal rekapituliert, er hatte auch schon die Folgen daraus erkannt.

„Enrico hat mich verstanden", kam irgendwann mit kläglicher Stimme ein erstes Lebenszeichen von ihm.

„Enrica versteht Euch auch", versuchte ich die Kluft zwischen uns etwas zu verkleinern. Noch immer hegte ich die Hoffnung, er könnte mich verstehen, er könnte seine Meinung ändern, er würde das Band zwischen uns nicht loslassen.

„Gottes Schöpfung ist durch und durch gut. Gott hat mich so geschaffen, wie ich bin. Er gab mir die Gabe, die griechische Sprache leicht zu erlernen, er gab mir die Gabe Euch und Eure Gedankengänge zu verstehen. Und Ihr sagt selbst, Gott will, dass wir unsere Gaben zum Guten einsetzen. Das war immer mein Ziel. Ich wollte all meine Gaben zum Wohle meines Mannes und meiner Familie einsetzen."

Der Gedanke an Lorenzo ließ mich erschaudern.

„Warum hat Gott mir diese vielen Gaben gegeben, wenn ich sie nicht zum Guten einsetzen kann? Wäre es in seinem Sinne, wenn ich diese Gaben unterdrückte, so wie mein Ehemann Lorenzo es wollte? Mein Ehemann, der das Ziel meines Lebens sein sollte, hat mich gehasst, weil ich lesen und schreiben kann, dabei war es meine Absicht gewesen, diese Gaben zu seinem Wohle einzusetzen. Gott der Herr hat mir die Erfüllung meines sehnlichsten Wunsches, einen Erben zu gebären, verwehrt. Stattdessen hat er mich durch die Hölle gehen lassen, um als falscher Mönch ein neues Leben zu führen. Er hat mich zu Euch geführt und Ihr habt meine Gaben erkannt und geschätzt.

Gerne habe ich all meine Gaben zum Wohle der Kirche eingesetzt und solange Ihr mich für einen Mönch gehalten habt, waren meine Gaben willkommen. Nun, da ich mich als Frau zu erkennen gegeben habe, haltet Ihr mich für den Teufel und zweifelt an allem, was ich sage.

Hat Gott einen Fehler gemacht, in dem er mich so geschaffen hat, wie ich bin? Nein, Ihr sagt selbst, Gott macht keine Fehler. Warum also kann ich dann meine Gaben nicht einsetzen? Sind es vielleicht die Menschen, die Fehler machen? Ist es vielleicht die Kirche, die einen Fehler macht, wenn sie Frauen wie mich als Hexe bezeichnet? Als vom Teufel besessen? Wenn sie Gottes Schöpfung nicht als das anerkennt, was sie ist?"

Thomas antwortete nicht. Noch immer saß er da, gebeugt und mit hängendem Kopf, den Blick auf den Boden.

„Euch ist es vergönnt, Eure Gaben zum Guten einzusetzen. Warum verwehrt die Kirche einer Frau, wie mir, dies?"

„Ja, es war immer mein sehnlichster Wunsch, der Kirche und damit Gott zu dienen, indem ich Gottes Wahrheit mit den Mitteln der Vernunft zu beweisen suchte. Ich wollte damit den Menschen Sicherheit geben, wollte die Ungläubigen von ihrem Irrtum befreien, wollte der Welt Frieden bringen.

Bis Enrico in mein Leben trat, glaubte ich, dass mir das auch gelungen sei. Enrico hat mir von unserer ersten Begegnung an gezeigt, wo die Fehler in meinem Denken sind. Ich habe bis heute keine befriedigende Antwort auf seine allererste Frage gefunden, ob denn jener Baron recht gehandelt hat, als er seine Bauern hungern ließ, um mit den Vorräten für den Papst in das Heilige Land zu ziehen."

„Der Fehler liegt an Eurer Prämisse, wenn der Papst über den weltlichen Herrschern steht..." wollte ich ihm meinen Gedankengang erklären, doch er winkte ab und sagte: „Nicht jetzt, Enrica, nicht jetzt."

Er nannte mich Enrica!

„Schon lange war mir klar, dass Gott mir diesen jungen Mönch geschickt hat, um mich auf den rechten Weg zu führen. Enrico hat die Metaphysik verstanden, wie niemand sonst, ja sogar besser als ich selbst. Er hat die Essenz, das Wesentliche immer so schnell erkannt, dass es fast schon unheimlich war.

Seine Fragen brachten mich immer wieder dazu, meine eigenen Schlussfolgerungen zu überdenken. Ja, seine Fragen brachten mir die Erkenntnis, dass mein ganzes Werk…"

In Gedanken schüttelte er den Kopf, dann blickte er auf, sah mich an und fuhr fort: „Eure Briefe waren so voller Anregungen und ich wünschte mir mit jedem Brief mehr, Euch in meiner Nähe zu haben, um all das mit Euch diskutieren zu können. Ich glaubte, mit Eurer Hilfe Gottes Wille noch besser zu verstehen. Doch irgendwann wurde mir klar, dass Eure Nähe auch die größte Versuchung sein würde, die Gott mir je gestellt hat und ich wünschte, er würde mir diesen Wunsch nicht erfüllen."

Mit Tränen in den Augen sagte er: „Ich bin seiner nicht würdig. Weder habe ich seinen Willen wirklich erkannt, noch habe ich der Versuchung widerstanden."

„Nein, verehrtester Thomas, Ihr seid zu streng mit Euch selbst. Gott weiß, dass Ihr Euch immer bemüht habt, das Richtige zu tun. Es ist Euer Verdienst, dass die Wissenschaft Einzug in die Kirche gefunden hat. Mein Onkel war so glücklich darüber, dass endlich gedacht werden darf, und nicht mehr nur blind geglaubt werden muss. Ihr habt Euer Leben dem Ringen um die Wahrheit gewidmet. Warum seid Ihr so eitel zu glauben, dass dies ohne Fehler möglich wäre?"

„Oh, Enrica, die Neigung, in anderen immer das Gute zu sehen, zeugt von einem großen Herzen, aber das Wesentliche an Euch ist nun mal Euer Geschlecht."

„Nein, Thomas, in erster Linie bin ich ein Mensch und erst in zweiter Linie eine Frau. Meine Essenz ist also mein Menschsein, es ist das, was uns beide verbindet. Unser beider Geschlecht ist akzidentell, unwesentlich. Ich fühlte mich vom ersten Moment an zu Euch hingezogen, aber nicht zu dem Mann unter der Kutte, sondern zu dem

Geist, zu der Seele, die sich durch Worte und Blicke zu erkennen gab."

„Ja, auch ich verliebte mich nicht in den zarten Mönch unter der Kutte, sondern in seinen wachen Verstand, in seine überraschenden Fragen, die mich in meiner innersten Seele berührten und mir das erste Mal in meinem Leben das Gefühl gaben, nicht alleine auf dieser Welt zu sein. Ihr habt Recht, unsere Liebe war anfangs essentiell, unabhängig von unserer äußeren Gestalt. Doch für mich hat sich alles verändert. Meine Liebe hat die sinnliche Welt erreicht und möchte den Körper, welcher auch immer sich nun unter der Kutte verbirgt, berühren. Würdet Ihr in meiner Nähe bleiben, egal ob als Enrico oder Enrica, ich könnte mein Gelübde der Keuschheit nicht mehr halten. Das erkannte ich in dem Moment, als ihr heute Abend vor meiner Tür standet."

„Gesundheit ist weniger ein Zustand als eine Haltung. Und sie gedeiht mit der Freude am Leben."

Thomas von Aquin

Am Morgen des 06. Dezember 1273, nach der Frühmesse, ging Thomas tief in Gedanken versunken ins Scriptorium. Dort sah er sich um, als sei er das erste Mal in diesem Raum. Er ging die langen Bücherreihen entlang, blieb hier und dort stehen, unschlüssig, ob er einen Blick in eines der schweren Bücher hineinwerfen sollte, ging zu seinen Sekretären, betrachtete auch sie, als ob sie ihm völlig fremd wären, warf einen Blick auf deren Notizen und schüttelte mit dem Kopf. Dann setzte er sich an ein Fenster und blickte hinaus. Reginald und seine Sekretäre warteten leise, dass er seine Arbeit wieder aufnahm.

Nach einiger Zeit stand er auf, um den Raum zu verlassen. Verwirrt sahen sich alle an und einer der Sekretäre fragte, ob er denn die Arbeit vom Vortag nicht weiterführen wolle.

Thomas sah traurig zurück und sagte:

„Ich kann nicht mehr, denn alles, was ich geschrieben habe, scheint mir wie Stroh zu sein im Vergleich zu dem, was ich gesehen habe und was mir offenbart worden ist."

Thomas ging in seine Kammer, legte sich ins Bett und stand nicht mehr auf. Er verweigerte das Essen und schwieg fortan. Reginald ahnte die Ursache für die Schwäche seines geschätzten Bruder Thomas.

Als sich sein Zustand nicht bessern wollte, schickte man ihn in Begleitung von Reginald zur Genesung zu Theodora, Thomas' Schwester auf Schloss San Severino. Man hoffte, wenn er das Weihnachtsfest in familiärer Umgebung feiern könne, würde er bald wieder zu Kräften kommen. Doch als beide Anfang Januar wieder zurückkamen, hatte sich sein Zustand nicht verändert. Er schwieg weiter.

In Neapel war inzwischen eine Einladung von Papst Gregor X zum Konzil am 1. Mai 1274 in Lyon eingetroffen. Überraschenderweise nahm Thomas diese Einladung an und machte sich gemeinsam mit Reginald auf die Reise. Unterwegs ereignete sich jedoch ein Unfall, bei dem Thomas eine Kopfverletzung erlitt. Glücklicherweise befanden sie sich in der Nähe von Maenza und so konnte Thomas von seiner Nichte Francesca gepflegt werden.

Francesca war Thomas' Lieblingsnichte und in ihrer Gegenwart schien er sich tatsächlich zu erholen. In den wenigen Wochen dort brach Thomas sein Schweigen und beichtete Reginald alles, was sich in jener Nacht in seiner Kammer zugetragen hat. Thomas verbrachte so viel Zeit, wie möglich, mit Francesca und als seine Kopfverletzung einigermaßen verheilt war, wollte er seine Reise fortsetzen.

Am Abend vor seiner Abreise zog Thomas sich alleine in seine Kammer zurück, las jeden meiner Briefe noch einmal und übergab sie dann dem Feuer.

Francesca bestand darauf, dass Thomas und Reginald mit dem Pferd weiter reisten, was die Ordensregel der Dominikaner eindeutig verbot. Zu Reginalds Überraschung nahm Thomas die Pferde lächelnd und dankbar an.

Sie kamen nur bis zur Zisterzienserabtei von Fossanova. Thomas war inzwischen so geschwächt, dass an eine Weiterreise nicht mehr zu denken war. Es waren seine letzten Wochen und Reginald berichtete mir später von den inneren Kämpfen und Zweifeln, die Thomas seit meiner Abreise mit sich austrug. Noch immer war er stark im Glauben und sagte immer wieder: Es kann nicht alles falsch sein! Andererseits erkannte er die Fehler und Schwächen in seinem Werk, was ihm die Weiterarbeit daran letztlich unmöglich gemacht hatte. Er hatte erkannt, dass er nicht mehr die Kraft haben würde, alles neu zu überdenken und neu zu durchkämpfen. Er hatte ja erlebt, wie schon seine bisherigen Gedanken von manchen in der

Kirche als Häresie verleumdet wurden. Er wusste, dass er die Erkenntnisse jener Nacht niemals laut und öffentlich äußern konnte, ohne Gefahr zu laufen, Opfer der Inquisition zu werden, die sich seiner eigenen Schriften bediente, um Ketzer, die vom rechten Glauben abgefallen waren, zu verfolgen und zu verurteilen.

Nein, niemand in seiner Welt, der Welt der Kleriker, würde verstehen, welche Offenbarung es war, die sinnliche Welt zu betreten. Keiner dieser Geistlichen würde verstehen, welche Offenbarung es war, Gedanken und Erkenntnisse aus dem Mund einer Frau zu hören. Keiner dieser Gelehrten würde verstehen, dass die Liebe, die allumfassende Liebe zwischen den Menschen, die eigentliche Offenbarung Gottes ist.

Es war besser zu schweigen.

Thomas von Aquin starb am Morgen des 7. März 1274 in den Armen seines treuen Socius und Freundes Reginald von Piperno.

„Liebe ist das Wohlgefallen am Guten.
Das Gute ist der einzige Grund der Liebe.
Lieben heißt: Jemandem Gutes tun wollen."
Thomas von Aquin

Mein Pferd brachte mich zurück nach Montecassino, zu der kleinen vergessenen Jagdhütte, in der Gineva und Rosa Zuflucht gefunden hatten. Ich wollte den Winter über bei ihnen bleiben und hoffte, sie überreden zu können, im Frühjahr mit mir weiter zu reisen, irgendwohin, wo uns niemand kannte.

Beide waren überglücklich, mich wieder zu sehen. Michele hatte ihnen vom Tod meines Onkels und meiner Flucht berichtet. Nur selten habe ich verstanden, auf welche Wege Gott mich geschickt hat, aber als ich dort ankam wusste ich sofort, dass es der richtige Weg gewesen war. Ginevas Kräfte schwanden sichtlich und Rosa stand kurz vor ihrer Niederkunft. Hier war ich richtig, hier wurde ich gebraucht.

Schon wenige Tage nach meiner Ankunft wurde die kleine Gineva Enrica geboren. Rosa wollte ihrer Tochter unbedingt die Namen der beiden Frauen geben, die sie so sehr liebte. Wir nannten sie von Anfang an nur Gina. Glücklicherweise ging alles gut und wieder lernte ich von Gineva so viel über Geburt, Kindbett und Stillen, das ich später weiter geben konnte. Es war essentieller, als all die niedergeschriebenen philosophischen Weisheiten, die ich noch kopieren sollte.

Rosa gab mir zunächst eines ihrer Kleider und machte aus dem warmen, schweren Stoff der Kutte einen Mantel. Meine Tonsur versteckte ich unter einem Kopftuch, was im Winter niemanden wundern würde. Mit dem Wechsel der Kleider wurde ich endgültig wieder zu Enrica. Das Leben im Wald war hart und einsam, doch ich war zufrieden, denn ich war umgeben von den Menschen, die mich liebten, so wie ich war. Und die kleine Gina gedeihen und wachsen zu sehen, war das Schönste, was es auf der Welt gibt.

Als es Frühjahr wurde, gab ich meine Pläne einer Weiterreise auf. Gineva war zu schwach und hätte vermutlich eine lange Reise nicht überlebt. Mit dem besseren Wetter kam auch eines Tages Michele wieder zu einem heimlichen Besuch. Er war überrascht aber überglücklich, mich gesund wieder zu sehen. Er umarmte mich und beide weinten wir über den Tod meines Onkels.

Michele war es ergangen, wie er es befürchtet hatte. Nicht lange nach der feierlichen Beisetzung meines Onkels wurde ein neuer Abt gewählt, um dessen Gunst seine Mitbrüder heftig buhlten. Michele war nun wieder ein einfacher Mönch, von den meisten ob seiner verlorenen Position verachtet. Es war ihm nun nicht mehr möglich so einfach das Kloster zu verlassen, hatte es aber dennoch geschafft, uns ein paar Vorräte mitzubringen.

Um uns zu versorgen, ging ich immer wieder auf den Markt in den umliegenden Dörfern und langsam sprach sich herum, dass im Wald jemand wohnte. Auf Dauer waren wir dort nicht mehr sicher und ich machte mir Sorgen, wie wir ohne Hilfe des Klosters über den Winter kommen sollten.

Reginald kam nach Montecassino, offiziell, um seinen alten Freund Michele zu besuchen und ihm vom Tode des Magister Thomas zu berichten. Sein eigentliches Anliegen war jedoch ein anderes. In einem vertraulichen Gespräch erzählte Reginald Michele, dass Thomas ihm kurz vor seinem Tod aufgetragen hatte, für mich zu sorgen. Thomas letzter Wunsch sei es gewesen, mir ein Leben zu ermöglichen, in dem ich meine Gaben zum Guten einsetzen könnte.

Da Reginald nichts über meinen Verbleib wusste, hoffte er, Michele könne ihm weiterhelfen.

Reginald und Michele, einander in Freundschaft

zugetan und in Trauer verbunden, fassten folgenden Plan: Da ich ja tatsächlich die Nichte des verstorbenen Abtes Giovanni, und damit quasi sein Mündel war, würde man nun sagen, dass der berühmte Thomas von Aquin nach dem Tode seines geschätzten Freundes, des Abtes von Montecassino, die Aufgabe übernommen hatte, sich um dieses Mündel weiter zu kümmern. Leider war der Magister Thomas kurze Zeit später selbst von Gott ins Himmelreich geholt worden, weshalb nun Reginald von Piperno die Aufgabe zugefallen war, für das Wohl der jungen Enrica zu sorgen.

Reginald bat nun offiziell den neuen Abt von Montecassino um Hilfe für diese Aufgabe. Er bat um Pferde und Fuhrwerk, damit Michele mir entgegenreisen konnte, denn ich sei bereits auf dem Weg. Der Abt, der wenig erfreut war zu hören, welche Last sein Vorgänger ihm da hinterlassen hatte, willigte erst ein, als er hörte, dass Michele mich zu Reginald bringen sollte.

So kam es, dass wir uns im Spätherbst auf den Weg zurück zu der Burg machten, auf der ich einst gelebt hatte. Nachdem Reginald von Michele meine ganze Geschichte erfahren hatte, beschloss er, dort ein Nonnenkloster einzurichten, in dem ich leben und arbeiten konnte. Reginald war weise genug, mir nicht das Gewand der Dominikanerinnen anzubieten, sondern, aus Respekt vor meinem Onkel, das der Benediktinerinnen.

Der dortige Abt Edoardo war noch weniger erfreut, als er von Reginald die Weisung erhielt, auf den Ruinen ein Kloster für Nonnen des Benediktiner Ordens zu bauen. Doch dem Socius und Vertrauten des großen Magister Thomas von Aquin konnte ein kleiner dominikanischer Abt nicht widersprechen. Reginald sorgte für die Finanzierung und es wurde ein Vertrag aufgesetzt, in dem festgeschrieben wurde, dass nach meinem Tode alles zurück an den Orden der Dominikaner fallen sollte.

Bis die Gebäude fertig gestellt waren, wohnten wir in der alten Hütte von Gineva, was ihrer Seele gut tat.

Michele blieb als Gast im Kloster und beaufsichtigte die Bauarbeiten.

Michele blieb auch nach Fertigstellung der Gebäude bei uns. Denn obwohl Thomas definiert hatte, dass eine Nonne durch ihr Gelübde zur Würde des Mannes erhoben werde und ihm damit gleich stand, braucht ein Nonnenkloster einen Beichtvater, denn die Beichte ist ein Sakrament, das nur durch einen Priester erteilt werden kann. Zu meiner großen Freude übernahm Michele dieses Amt bis zu seinem Tod.

Als Reginald dem Abt Edoardo die Nonne Enrica vorstellte, stutze dieser. Michele erklärte sogleich, dass ich die Zwillingsschwester von Enrico sei, der inzwischen wieder zu Reisen durch die Welt aufgebrochen sei. Mein Mann sei einem tragischen Unfall zum Opfer gefallen und da ich kinderlos geblieben war, hatte ich den Wunsch geäußert, mein Leben fortan Gott zu widmen. Nachdem Reginald dies mit einem Nicken bestätigte war meine Identität geklärt.

Die Frauen im Dorf wussten natürlich wer ich war und die meisten begrüßten meine Anwesenheit. Anfangs gab es immer wieder Gerüchte in Zusammenhang mit Lorenzos Tod, doch da ich unter persönlichem Schutz von Reginald stand, hatte niemand Interesse daran, dem Wahrheitsgehalt dieser Gerüchte nachzugehen.

Anna nahm ebenfalls den Schleier und wurde meine erste Ordensschwester. Michele bildete ihren Sohn zum Verwalter aus, was ein Segen für uns alle war, denn er war fleißig und wissbegierig und lernte schnell. So lange er lebte, ging es unserem kleinen Kloster wirtschaftlich gut.

Gineva starb wenige Wochen nach Fertigstellung der Klosteranlage. Wir beerdigten sie neben meiner Amme. Rosa trauerte unendlich und wollte auch den Schleier nehmen. Ich versuchte lange, sie davon abzubringen. Ich hoffte immer, sie würde einen Mann finden, den sie lieben könnte. Doch als Gina alt genug war, wurde auch Rosa zu einer Nonne.

Gina war ein aufgewecktes und intelligentes Kind. Sie lernte schnell lesen und schreiben und hatte das Interesse und die Liebe zur Heilkunst ihrer Mutter und Urgroßmutter geerbt. Auch sie konnte ich nicht davon abbringen, Nonne zu werden. Gina war für mich wie eine Tochter. Das Glück meiner Kindheit und das Ideal meiner Eltern habe ich niemals aufgegeben und ich hätte Gina gerne ein so glückliches Leben mit Familie und Kindern ermöglicht. Doch sie war von zweifelhafter Herkunft und mir fehlten die Mittel, um ihr eine entsprechende Verbindung zu ermöglichen.

Das Kloster profitierte von diesen tüchtigen Frauen. Wir hatten eine reich bestückte Apotheke und konnten eine Krankenstation einrichten. Unsere Heilkunst wurde im ganzen Land berühmt und Rosa und Gina als Heilerinnen verehrt.

Die Schriften des Dominikaners Thomas von Aquin waren schon zu seinen Lebzeiten nicht unumstritten gewesen. Schon bald nach seinem Tod wurden an den Universitäten Paris und Oxford eine Reihe seiner Aussagen verurteilt. Mit dem Franziskanerpapst Nikolaus IV wurde dieses Verbot bestätigt. Als Reginald mir diese Nachricht überbrachte musste ich daran denken, was mein Onkel mir von dem Streit der Gelehrten in Paris erzählt hatte. Schon damals hatte der Franziskaner Bonaventura erbittert mit dem Dominikaner Thomas über den Anfang der Welt gestritten. Nun, da ein Franziskaner Papst war, konnte die Ansicht der Dominikaner endlich als falsch bewiesen werden, denn der Papst hatte das letzte Wort in allen Glaubensangelegenheiten, das hat auch Thomas nie bestritten.

Mit dem Tod des Magister Thomas von Aquin hatten die Dominikaner an Einfluss innerhalb der Kirche verloren. Seine Schriften wurden nicht mehr an den Universitäten gelesen und drohten in Vergessenheit zu geraten, was vor allem Reginald sehr bedrückte. Nur noch im Dominikanischen Orden wurden seine Schriften weiter gelehrt und kopiert. Gemeinsam mit Thomas' Sekretären vollendete Reginald sein letztes großes Werk, die „Summa Theologiae", indem sie Stellen aus früheren Schriften zusammenstellten.

Reginald besuchte mich regelmäßig und im Laufe der Jahre entwickelte sich eine tiefe Freundschaft. Er brachte immer wieder Schriften von Thomas mit, die ich kopieren sollte und über die wir diskutierten. Ich weiß, dass er meine Ansichten nicht immer teilte, sie aber als bereichernd und manchmal auch als erhellend empfand.

Es war ein reiches Leben. Ich liebte es, mich um die Menschen zu kümmern, die mir anvertraut waren und die Schutz und Hilfe bei uns suchten und ich liebte es, meine Gaben im Scriptorium zum Wohle der Wissenschaft einzubringen, wenn auch niemand davon erfahren durfte.

Es war ein langes, ein erbarmungslos langes Leben. Ich habe sie alle überlebt. Es ist keiner mehr da, der mein Geheimnis einst kannte. Inzwischen werde ich verehrt, weil ich so alt geworden bin. Sie meinen, Gott habe mir eine Gnade erwiesen, weil er mir ein so langes Leben geschenkt habe. Doch ich bezweifle das. Ein so langes Leben hinter Klostermauern ist keine Gnade, es ist eher eine Strafe, denn hier beginnt kein Leben, hier endet es nur. Hier wurde niemals ein Kind geboren, hier sind alle nur gestorben, hier geht das Leben nicht weiter. Und ich weiß, sie warten nur darauf, dass auch ich endlich sterbe, damit der Vertrag sich erfüllt und alles wieder an die Dominikanischen Mönche zurück fällt.

Nun *steht geschrieben*, was damals geschah, nun ist es nicht verloren, wenn ich diese Welt verlasse und meine Erinnerungen mit mir nehme.

Seit auch Reginald gestorben ist, hat niemand mehr meine Arbeit für wichtig erachtet. Seit vielen Jahren stapeln sich die kopierten Schriften im Scriptorium und ich bin mir sicher, sie werden ungelesen in irgendeiner Bibliothek verschwinden. In diese Schriften lege ich meine

Erinnerungen mit der Gewissheit, dass die Welt eines Tages reif sein wird zu erfahren, warum Thomas von Aquin verstummt ist.

„Letztes Ziel des Menschen und seine Glückseligkeit ist: sein vollkommenstes Wirken."

Thomas von Aquin

DANK

Bernd Storz und Andreas Kirchgäßner für die intensive, konstruktive und fantasievollen Betrachtung meiner Idee während des Storycamps im September 2012.

Prof. Andreas Luckner vom Institut für Philosophie der Universität Stuttgart, bei dem ich mit großem Vergnügen die Vorlesung zur Geschichte der Philosophie hören durfte und der mir immer bereitwillig all meine Fragen beantwortet hat.

Leitung und Mitarbeiter des Kloster Kirchberg, einem ehemaligen Dominikanerinnenkloster, für die vielfältigen Anregungen während meiner Aufenthalte im November 2013 und Juli 2014. Insbesondere Lothar Müller für die interessante und inspirierende Führung bis hinunter in den Nonnenkarzer.

Susan Graul von SUGR STEPS für deine Empathie, die mir Klarheit und Struktur gegeben hat.

Großen Dank auch für die vielen kleinen und vielfältigen Gesten der Motivation, die mich durch die schwierige Zeit des Schreibens getragen haben. In alphabetischer Reihenfolge:
Heike Brockmann-Weik, Hildegard Brückner, Petra Eckert, Gertrud Fleischmann, Brigitte Herzog, Karin Hofmann, Nicole König, Steffen Raichle, Susanne Scheitterlein, Gertrud Veinperl.